# 海に天使がいるならば

安雲ひかる

幻冬舎ルチル文庫

CONTENTS ✦目次✦



海に天使がいるならば …… 5
あとがき …… 286

✦カバーデザイン＝吉野知栄（CoCo.Design）
✦ブックデザイン＝まるか工房

イラスト・緒田涼歌✦

# 海に天使がいるならば

鍋《なべ》の蓋《ふた》を開ける。もわりと湯気が上がって、キッチンに香ばしい醤油《しょうゆ》の匂《にお》いが広がった。飴色《あめいろ》の新じゃがを、竹串《たけぐし》がすーっと突《つ》き抜ける。我ながらいい出来だ。望《のぞむ》は火を止め、色よく茹《ゆ》で上がったさやえんどうを散らした。

盛りつける鉢《はち》をどれにしようか迷っていると、家の前に車が停まる気配がした。

わずかに開けた小窓の隙間《すきま》から、ひらひらと舞う桜の花びらが見える。

——来た……。

きゅっと胸の奥が軽い痛みを覚え、大きくひとつ深呼吸する。いそいそとエプロンの紐《ひも》を解《ほど》きかけたが、思い直してまた結んだ。男ふたりで持ち切れないほどの荷物はないだろう。今か今かと到着を待っていたと思われるのも気恥《きは》ずかしい。

「たっだいまっ！」

ほどなく玄関《げんかん》から聞こえてきたのは、待ち人ではなく、弟・聖《ひじり》の明るい声だった。聖の声はよく弾むスーパーボールのようだといつも思う。

「おかえり」

空気の抜けたテニスボールのような声で答えると、たたたっと勢いよく聖がキッチンに入ってきた。

「望、ただいま。カズくん来た」

「聞こえてる」

「なら返事くらいしろよ」

「した」

聞こえねえよと口を尖《とが》らす聖の後ろに、待ち人――都築一恒《つづきかずひさ》の姿はない。

「都築先生は？」

「ガレージに車入れてる」

「お前が運転してきたんじゃないの？」

「家の前まではね。けどバックで車庫入れしようとしたら、電柱にミラーが」

「擦《こす》ったのか」

手にしていた包丁《ほうちょう》を落としそうになった。聖はめっそうもないと顔の前で両手を振る。

「未遂《みすい》未遂。間一髪《かんいっぱつ》、擦ってない。『寿命が縮む』って、カズくんが今入れ直してくれてる」

聖が運転免許を取得したのは二週間前だ。望は思わず胸を撫《な》で下ろした。

「何が間一髪だ。気をつけろよな」

「母さんには内緒ね」

聖は悪びれない様子で両手を合わせ、少しばつが悪そうに「荷物運んでくる」と再び玄関に向かった。その足音に重なって、不意に懐《なつ》かしい声が聞こえた。

「望は？」

低く、しかし澄《す》んだ声色《こわいろ》。受話器からではなく、生でその声を聞くのは三年ぶりだ。

「キッチン。今夜は和食らしいよ。カズくん久々の日本だからって、望のやつめっちゃ張り切っちゃって、得意の料理の腕振るいまくりの超豪華版《ちょうごうかばん》」

「そりゃ楽しみだ」

好きで得意になったわけじゃない。

聖め余計なことを、と舌打ちしていると、磨《す》りガラスの向こうに長身の人影が見えた。

——落ち着いて。落ち着いて。

望はまたひとつ深呼吸をし、その人を迎えた。

「おかえりなさい。都築先生」

一恒は左の口角をほんの少しだけ上げ「ただいま」と微笑《ほほえ》んだ。わずかに眇《すが》めるような双《そう》眸《ぼう》が、真《ま》っ直《す》ぐ自分に向けられて、望のなけなしの落ち着きは呆気《あっけ》なく霧散《むさん》する。

「えっと……」

シミュレーションは完璧《かんぺき》だった。長旅お疲れさまでしたとにっこり笑って、それからさらりと背を向け、もうすぐ出来上がりますからそっちに座っててくださいと言う。ここ数日何度も脳内で繰り返してきたのに、一恒の視線があまりに衒《てら》いなくて、望は濃度の高いゼラチンで固められたように動けなくなってしまった。

聞きたいことや伝えたいことがたくさんありすぎて、喉《のど》の奥で渋滞《じゅうたい》を起こしている。先に何か話しかけてほしいという視線を察知したのだろう、一恒は「帰国早々冷や汗かいた」と苦笑混じりに言った。

「すみませんでした。聖のやつ」

「聖が迎えにくるっていうから、てっきりお前も乗ってくるんだと」

「ああ……すみません。夕食を作ってて」

「何も用意しなくていいと言ったのに」

「別におれ、張り切ってとかいませんから、全然」

ついムキになった望に、一恒は一瞬首を傾《かし》げ、それから「ああ」と穏やかに破顔した。

「聖は相変わらずだ。そそっかしくて落ち着きがなくて、中学生の時から進化していない」

「ですね」

「でもって、ひと言多い」

弟に対する的確な指摘に、頑強な緊張の糸が少しずつ解《ほぐ》れていく。

「あいつ『オレの車』って言ってたぞ。合格祝いに買ってもらったのか」

「まさか。普段は主に母さんが乗ってます」

「だと思った」

わずかにニヤリとする一恒に、望もつられて小さく笑った。

遠海《とうみ》家の兄弟、望と聖は二卵性双生児《そうせいじ》だ。この春、といってもつい先週のことだが、揃《そろ》って大学生になった。聖はかねてから進学を望んでいた私立大学の経済学部に、望もやはり希望どおり修桜《しゅうおう》大学の理学部に、それぞれ現役で合格を果たした。修桜大学の工学部では母の保奈実《ほなみ》が教授として教鞭《きょうべん》を執《と》っており、一恒は三年前まで彼女の研究室に在籍《ざいせき》していた。

四年前、ふたりが中学三年生に上がって間もないある日、部活にばかり熱中してさっぱり受験勉強を始めようとしない聖に業《ごう》を煮《に》やした保奈実が、苦肉の策として自分の研究室の大学院生を家庭教師として雇《やと》った。それが一恒だった。

中学卒業までの一年間、一恒はしばしば遠海家を訪れ、まるで本当の兄のように接してくれた。ふたりが二歳になる前に父親が病死して以来、遠海家は母子家庭だったから、直《じか》に接する大人《おとな》の男性といえば、せいぜい担任の教師くらいだった。親世代よりはずっと若く、部活の先輩《せんぱい》よりもだいぶ年上。そんな〝世代の空白ゾーン〟に位置する成人男子が定期的に家を訪れる状況は、ふたりにとってただただ新鮮だった。

自分たちより二十センチ以上も背が高い。骨っぽくて長い指が触手のように動く様や、話をする時や飲食の時、意思でもあるみたいに上下する喉仏や、一本だけぽつんとそり残された顎《あご》の裏側の短い髭《ひげ》。そんなディテールのひとつひとつに、望は妙なドキドキを覚えた。

一家の大黒柱である保奈実が、常に多忙で不在がちだったこともあって、兄弟は彗星《すいせい》のごとく現れた〝家庭教師のお兄ちゃん〟にあっという間に懐いた。コロコロと仔犬《こいぬ》のようにまとわりつき気を引こうとする聖と、少し離れた場所からそっと様子を窺う望。そんな中坊《ちゅうぼう》たちに一恒はいつも目を細め、ふたりまとめて「弟たち」と呼んで構ってくれた。

ところがふたりの高校進学が決まった直後、一恒は唐突《とうとつ》に大学院を退学し、単身渡欧《とおう》してしまう。学生時代、すでにプロダクトデザイナーの卵として国内のコンテストで賞を取っていた一恒は、さらなるキャリアアップのため、ミラノに居《きょ》を置くことを決めたのだった。家庭教師はそもそも一年間の約束だった。けど卒業と同時にさよならなんて、望も聖も考えていなかった。会いたくなったら会いに行けばいいのだと、勝手に思っていただけに衝《しょう》撃《げき》は大きかった。

さらにショックだったのは、一恒が渡欧のことを事前にひと言も話してくれなかったことだ。望たちが知らされたのは、一恒が旅立った後だった。帰国は何年後になるかわからないと保奈実から告げられた時は、目の前の景色が一瞬で色を失った。

あれから三年が経《た》ち、十八歳になった望の目の前には、二十七歳の一恒が立っている。否定はしたけれど、確かに今夜の夕食は張り切って作った。空港から真っ直ぐ遠海家に来るという一恒を、聖は『車で迎えに行く』と言った。望も一緒にと誘われたが断った。一分一秒でも早く会いたかったけれど、残って夕食を作ることを選んだのは、夕食を口実に一恒を引き留めたかったからだ。そうでもしないと三年ぶりの再会が、玄関先での挨拶《あいさつ》だけで済まされてしまう気がした。

「遠海先生、今日まで学会だって？」

「はい。広島です。明日が大阪で講演会なので、帰りは明後日《あさって》だって」

「相変わらずのスケジュールだな」

「もう慣れました」

ここ数年、保奈実が半日以上家にいることは珍しい。おかげで望は十八歳にして、そこいらの主婦よりよほど手際《てぎわ》よく家事をこなす。

「なあ、望」

一恒が何か言いかけた時、玄関でスーパーボールが弾んだ。

「ねー、カズくん！　車庫入れの練習するからさ、ちょっと見ててほしいんだけど」

一恒は軽く脱力した様子で「まったく」と肩を竦《すく》めた。

「十五分後に夕食だって、聖に言っててください」

望が苦笑すると一恒は頷《うなず》き、「あいつ十五分で入れられるかな」とキッチンを出ていった。

何気ない会話。一恒のいる日常。大切な時間がやっと戻ってきた。


帰国と再会を祝うプチパーティーが済むと、聖は早々に出かけてしまった。幼い頃から環境への順応力が高い弟は、入学して一週間だというのにもう友達ができたらしく、暇《ひま》さえあれば楽しげにラインやメールをしている。フットサルサークルへの入会を決めたらしい。同じクラスの、まだ誰ともまともに会話ができていない望とはまるで違う。

「望はまだ取らないのか、免許」

お客さんなのだから座っていてと言ったのに、一恒は望の隣で洗い上げた皿を拭《ふ》いている。

「少し落ち着いたら取ろうかと思ってます」

そうは言ったけれど、本当は聖が先に「免許が欲しい」と言い出したので、望が遠慮《えんりょ》したのだ。大学教授の母親の所得は決して低くはないが、それでもふたり同時に自動車学校に通うとなれば、それなりの出費になる。

「大学近いし、別に免許がなくても困らないので。卒業までに取ればいいかなって」

「そうか」

こんな時、一恒は決して口出しをしない。でも多分、望の遠慮には気づいている。皿を拭く手を少しだけ緩めて、望の横顔を見つめている。こんな距離だから、頬《ほお》が熱くなって困ってしまう。

皿を拭き終えると、一恒は望を居間に呼んだ。

「はい。合格祝い」

「え？　お祝いならさっきもう」

聖と一緒にのし袋をもらったばかりだ。

「これはお前にだけ。聖には内緒」

望はエプロンを外し、一恒が差し出す紙袋を受け取った。ずっしりと重い。

「開けてみ」

百科事典のような包みを取り出し、包装を丁寧《ていねい》に剝《は》がす。

目に飛び込んできた大判の洋書に、思わず「わあ」と感嘆《かんたん》の声が出た。

「……海の生き物」

「珍しい海中生物ばかり集めた写真集だ。あっちでお世話になった水中カメラマンが出版したんだけど、来週発売予定だから市場にはまだ出回っていない」

「レアものじゃないですか。わあ、すっごくきれい」

「ほとんど北欧の海で撮ったそうだ。海の色が違うだろ」

「本当だ」

礼も忘れて、望は早速お目当ての生物を探す。

目次から一足飛びに捲《めく》ったそのページに、望の視線は吸い寄せられる。

「いたいた」

「あからさまに一目散だな」

予想どおりだと苦笑する一恒の声も耳に入らない。

「うわっ、超可愛《かわい》い。しかも一、二、三、四……いっぱいページ数割《さ》いてる」

英字のタイトルは【Clione antarctica】。

日本の近海で見られるものは【Clione limacina】と呼ばれているから、やはり北欧の海で撮影されたのだろう。短いリード文の中には【sea angel】の文字が見える。透明な身体《からだ》は、

外敵から身を守るための遺伝だ。

「本当に天使ですよね、クリオネ」

「望、お前誘拐《ゆうかい》されるなよ」

「え？」

「知らないオジサンに『珍しいクリオネを見せてあげるからおいで』なんて、甘い言葉で誘われても絶対についていってはならない」

「何バカなことを」

頬が赤らんでしまったのは、子供扱いされたからではない。クリオネを餌《えさ》にまんまと一恒にさらわれてしまったような気がしたからだ。

クリオネは、望がこの世で一番愛しているプランクトンだ。ただ見ているだけでは飽《あ》き足《た》らず、その生態を研究したくて理学部に進学した。

「嬉《うれ》しいです。本当にありがとうございます。一生大事にします」

「大げさな。まあ、喜んでもらえてよかった」

「でも、高かったんじゃないですか、これ」

「著者と知り合いだから割引価格だ」

「修桜大に合格できたのも都築先生のおかげなのに、お祝いまでもらっちゃって」

「俺のおかげ？」

「あの電話がなかったらおれ、本気でダメだったかも」

明日は明日の風が吹くと、絵に描いたようなケセラセラの人生を歩む聖を、望は羨《うらや》ましく思う。物心ついた頃には、物事を悪い方へ悪い方へと想定する癖《くせ》がついていた。結果として大事な場面で必要以上に緊張してしまい、今ひとつ実力を出し切れない。緊張しないようにしないようにと思うほど緊張してしまうのだ。

小学校の入学式で新入生代表の挨拶をすることになった時は、緊張で台詞《せりふ》を噛《か》みまくった挙げ句、帰りの階段を踏み外した。中学では卓球部《たっきゅうぶ》の部長を任されながら、総仕上げの中学総体で、緊張のあまり一回戦で負けてしまった。プレッシャーに弱いなどというレベルではない。生まれついた苦労性《くろうしょう》なのだと思う。

自分が何を求められているのかに、敏感《びんかん》すぎるのかもしれない。察するのが早すぎて、結果あれこれ思考を巡《めぐ》らせすぎるのだ。世界のどこかに周囲の期待を感じなくなる秘薬があるのなら、魂《たましい》を売ってでも手に入れたい。

そんな望だから、センター試験はそこそこの出来だったものの、二次試験の日が近づくにつれ、長年脳に染みついたマイナス思考が、じわじわとその本領を発揮し始めた。数日前から腹痛、不眠、食欲不振に苛《さいな》まれ、目の周りにゾンビのような隈《くま》ができた。

不合格の予感に満ち満ちて目覚めた当日の朝のことだ。突然かかってきた電話に望は驚く。三年前ミラノに旅立って以来一度もかかってきたことのない、一恒からだった。

『今、風呂《ふろ》上がりのビールを飲みながら窓を開けたら、きれいな満月が見えてさ、急にお前の声を聞きたくなった』

久しぶりだねより先に、一恒はそんなことを言った。

「どうして満月見て、おれのことを？」

『満月は望月とも言うだろ』

「そんなことで、電話くれたんですか」

三年間一度も声を聞かせてくれなかったのにと、言外に含ませる。一恒は『そんなことって言うなよ』とちょっと拗《す》ねたように笑ったあと、実は帰国が決まったのだと打ち明けた。

「本当に？　いつですか？」

夏前を目処《めど》に日本にデザイン事務所を開設することになり、来月帰国するという。

望が喜んだのは言うまでもない。寝ぼけていた頭が急に冴《さ》えた。部屋の中の酸素濃度が、ぐんと一気に上がった気がした。

「詳しい帰国日程が決まったら必ず教えてくださいね」

『わかった。しかし、ほんとにきれいな月だ。お前にも見せてやりたい』

「こっちは朝焼けがきれいです。都築先生にも――」

見せてあげたいと言おうとした時、携帯電話の向こうから大きなくしゃみが聞こえた。

『うわ』

「どうしたんですか」

『くしゃみの弾みで、ビールを零《こぼ》した』

「浴《あ》びちゃったんですか」

『うん。マッパだったから、めちゃめちゃ冷たい』

「マッパ？」

望のイメージの中にあるデザイナーは、少なくとも真《ま》っ裸《ぱだか》でビールなど飲まない。

「嘘《うそ》」

『本当。フルチン』

「フ……」

一恒は、普段あまり表情を大きく動かさない。大きな身振り手振りで話すこともない。しかし時々、こうして望が想像もしないことを、こともなげに口にする。今だって多分ほぼ無表情だ。絶句する望に構わず、一恒はしゃべり続けた。

『風呂上がりにマッパでビール。安上がりなストレス解消だ。健康にもいい』

「毎日？」

『ほとんどな。ああ、そっちはまだ朝だったな。悪い悪い、学校行く前につまらない話を』

「今日は、学校じゃないですよ」

そこで一恒はようやく気づいたらしい。

『まさか望、二次試験、今日だったか』

「はい」

『それを早く言え。俺のフルチン話聞いてる場合じゃないだろ。とにかく何か書いて解答用紙埋めてこい。満月と、それからパスタの神さまにも合格祈願しておくからな。がんばれ』

切れてしまった電話の「ツー」を聞きながら、望は全身の力が抜けていくのを感じた。てっきり入試本番だと知って電話をくれたのだと思ったのに、あろうことかただの偶然で、しかもマッパ。早朝のベッドで、望はとうとう笑い出してしまった。

いつも思う。一恒の声には望の緊張を解く魔法の力がある。

「朝の電話の内容がおれ、試験の最中も頭から離れなくて」

「迷惑をかけた」

「そうじゃなくて、リラックスできたんです。笑いをこらえながら問題読んだら、なんだかすらすら解けちゃって」

満月とパスタの神さま、どちらの御利益《ごりやく》だったのかは定かでないが、得意科目の英語や化学はもとより、苦手の物理まで、その日は信じられないくらいすらすらと解けた。

「マッパ生活が思わぬところで役に立った。何よりだ」

「ていうかその話、本当なんですか」

一恒とマッパは、あまりにイメージがかけ離れている。

「今度うちに遊びにこい。己《おのれ》を解き放つことの素晴らしさを、直々《じきじき》に伝授しよう」

「結構です」

すいっと背を向けると一恒は「つれないなあ」と小さく笑った。

「望」

「……はい」

「本当に今度、うちに来ないか。前に住んでたところは狭いワンルームだったけど、今度のところはいくらか広いぞ。ゲストルームもある」

泊まってもいいんだぞ。豊かな想像力が拡大解釈してしまい、耳の奥がドクンと鳴った。

「いやマッパはちょっと」

「言い忘れた。他に人がいる時は服を着るようにしている」

「当たり前です」

「家に来るのが嫌なら、映画でも行くか」

嫌なわけじゃない。ふたつ返事でOKしたら、誘われるのを待っていたみたいだから。

「ほら、来週公開になる、なんだっけ、純愛ものの」

一恒の口にしたタイトルは、望が観たいと思っていた北海道を舞台にした恋愛映画だった。クリオネが大好きな主人公のために、恋人が冬のオホーツク海に潜《もぐ》るシーンがあるのだが、帰国したばかりの一恒がなぜそれを知っているのか。

「聖から聞いたんですね」

「聖じゃない」

「じゃあ……依田《よだ》さん、か」

依田は一恒の親友だ。修桜大学の大学院に在籍する海洋生物の研究員で、望もしょっちゅう顔を合わせている。

「事務所開設の準備で忙しいんじゃないですか」

「一日くらい平気だ」

「半年くらいは毎日てんてこ舞いだろうって、依田さん言ってましたよ。大事なお休みをおれのために使わせちゃ悪いです。それに都築先生、映画はホラーとアクション専門で、恋愛映画は眠くなるそうですよね」

「また依田情報か。時と場合によるんだ」

「でもあんまり好きじゃないんですよね」

「映画ってのはな、望、誰の隣で観るかが重要なんだ」

「光栄ですけど、途中で寝られても困るんで」

一恒はうな垂れ、「依田め」と小さく舌打ちした。

「望、もしかして、もう誰かと観にいく約束したのか」

「え？」

驚いて見上げた一恒は、珍しく真顔だった。

「ぴっちぴちの十八歳。彼女のひとりくらい、いてもおかしくない」

「いません。いるわけないじゃないですか」

「クラスに望好みの可愛いリケジョはいないのか」

「そういうことじゃ……」

「合コンの誘いなんかもあるんじゃないのか」

あるにはあるが、望はすべて断っている。

人嫌い、というわけではない。聖には「堅い」と言われるが、サクッと作り上げたお手軽な人間関係は、ある日サクッと壊れてしまうような気がするのだ。互いを理解し合い、強い信頼関係を築けた相手とだけ、深く長くつき合っていければいいと思っている。

それに片思いとはいえ好きな人がいるのに、合コンに参加するのは相手の女性たちに失礼だと思う。

「ああいう雰囲気はちょっと」

「せっかく大学生になったのに、一回くらい参加してみる気はないのか」

何気ない問いかけに、気持ちが一気に沈んだ。

合コンに参加して、望に恋人ができたら、一恒はきっと誰より喜んで「よかったな」と頭を撫でてくれるのだろう。今まで何度となくそうしてくれたように。

「……そうですね」

望は薄く笑みを浮かべ、写真集を閉じた。

三年という時間は、自分たちの関係を何ひとつ変えてはくれなかった。

「今度誘われたら参加してみます。で、可愛いリケジョとつき合うことになったら、都築先生にも報告します」

にっこり笑って背中を向けると、一恒の慌《あわ》てた声が追ってきた。

「参加してみる気はないのかと聞いただけだ。そんなに苦手なら、今までどおり断ればいい」

そのひと言で、望はまた舞い上がる。

どうしてこうもわかりやすく、この人の一挙手一投足に翻弄《ほんろう》されてしまうのだろう。

あからさますぎて自分が嫌になる。

「望、背、伸びたな」

「この三年で、五センチ伸びました」

それでも一恒よりは、十五センチも低い。九つという年の差と同じように、この身長差は多分ずっと縮まらない。そして家族でも友達でも同僚《どうりょう》でもなく、家庭教師と生徒ですらなくなってしまった自分たちの、危うい距離感も。

「大人っぽくなった」

ゆっくり振り返ると、穏やかな双眸が見つめていた。

涼《すず》しげな目元が、いつになく熱っぽく感じるのは気のせいだろうか。

「いつまでも子供じゃ、いられませんから」

「……そうだな」

どこか寂《さび》しげな声の意味を、どう理解すればいいのか望は困惑する。

そうだよな、ともう一度、自分に言い聞かすように一恒は繰り返した。

——背が伸びても、大人っぽくなっても、相手にしてくれないんですか。

駄々《だだ》っ子のような台詞を呑《の》み込むと、胃の辺りがじんと熱く痛んだ。

「合コン、行くのか」

「だって都築先生が」

「なあ望、その『先生』っての、そろそろやめてくれよ」

ゆっくりと一恒が近づいてくる。

「そんなこと、言われても」

「もう子供じゃないんだろ?」

「なんて呼べば?」

「先生じゃなければ、望の好きなように」

カズくんと無邪気《むじゃき》に呼べる聖を、ずっと羨ましく思っていたけれど。

「じゃあ、えっと、都築さん、で」

「呼んでみて」

「都築……さん？」

自分で言い出したくせに、一恒は少し照れたように鼻の頭を指でかいた。

「悪くないな。もう一回」

「用もないのに呼べません」

「ケチ」

「二回目からは有料にしようかな」

このやろう、とデコピンされそうになったので、望は笑いながら身をかわした。

九つも年上なのに、一恒は時々無邪気な少年だ。

「合コン、行かないよな」

「絡みますね」

「行くのか行かないのか」

「行きませんよ。都築先生が保護者みたいについてきたら困るので」

「都築さん、だろ」

「あ……」

そんなに急に変えることはできない。呼び方も、この距離も。

止められなくても、合コンには行かない。

だって目の前に好きな人がいるのだから。

涼やかな目元に、すーっと通った鼻筋。笑う時、左側だけ上げる癖のある薄い唇《くちびる》。話しかけるのを躊躇《ためら》うほど整った容姿の青年は、時々こうして不意に望をからかう。ふざけているのか真面目《まじめ》なのかわからない。飄々《ひょうひょう》としていて、だけどどこか温かい。

望は、一恒に片思いをしている。

ずっと。


十八年前の十二月二十四日未明、遠海家に双子《ふたご》の男の子が誕生した。先に生まれた長男は望、次いで生まれた次男には聖と、それぞれ名付けられた。

この出産にはちょっとしたハプニングがあった。母の保奈実が普通分娩《ふつうぶんべん》を選択したため、長男の望が取り上げられた後、次男の聖が出てくるまでに三十分以上の時間がかかった。その間に、なんと日付を跨《また》いでしまったのだ。つまりふたりの誕生日とされた十二月二十四日に生まれたのは聖だけで、望が産声《うぶごえ》を上げたのは、実は前日、十二月二十三日の午後十一時三十三分だったのだ。

双子なのに誕生日が違うと、その後の様々な場面において何かと不便や不都合が生じる。

医師と両親が相談した末、同じ境遇に陥った双子たちの多くがそうするように、どちらか片方の誕生日に合わせて出生届を出すことになった。遠海家のふた親は、弟の聖の誕生に合わせることにした。

自分の誕生日は、本当は十二月二十三日だった。

小学校低学年の頃だったろうか、その事実を保奈実から聞かされた時の衝撃は、今もよく覚えている。中学生にもなれば自然に受け入れられただろう〝大人の事情〟というやつも、当時の望には驚きでしかなかった。親の都合で誕生日を変えられてしまったことに、少なからず戸惑いを覚えた。

双子なのだから容貌《ようぼう》が似ているのは当たり前なのだが、望と聖は二卵性双生児なので、一卵性のそれほどそっくりというわけではない。兄弟あるいは従兄弟《いとこ》と同程度。確実にＤＮＡは感じるが、何もかもがうりふたつというほどではない。

小動物を思わせる黒目がちな瞳《ひとみ》、口角のきゅっと上がった小ぶりな口、中性的で細い顎のライン、染めてもいないのにブラウンがかった柔らかい髪——そういった個々のパーツを取り出せば、確かにうりふたつなのだけれど、醸《かも》し出す雰囲気はまったく別のものだった。

保育園でも学校でも、最初こそ「あれ？」という顔をされることはあっても、周囲は次第にふたりの個性を理解し、いつまでも間違われることはなかった。

生真面目《きまじめ》で内向的な望と、明るく社交的な聖。端的《たんてき》に表現すればそんなところだろう。外見はともかく、性格や行動に至っては正反対と言える。

もうひとつ、決定的な違いがふたりにはあった。

望は内向的だが至って健康だ。反して聖は幼い頃から小児喘息《しょうにぜんそく》を患《わずら》っていて、学校を休みがちだった。明るく人好きのする性格の聖は、友達も多い。スポーツ少年団に入るほどサッカー好きで、日焼けしたその姿からは想像もつかないのだが、年に一度か二度は発作《ほっさ》を起こし、入院生活を余儀なくされていた。

男性中心の工学の世界にあって、四十代で教授にまで上りつめた母・保奈実は、講義、研究、学会と年中多忙でほとんど家にいなかった。帰宅は毎日深夜。朝ふたりが起きる頃には出勤している。二日、三日と家を空《あ》けることも少なくない。また数年前からはその聡明《そうめい》な美しさも手伝って、講演会やテレビ出演の依頼がひっきりなしに来るようになった。当然家事や子育てに手が回るはずもない。聖の発作の心配もあったのだろう、ふたりが幼い頃は主婦業、母親業のほとんどを家政婦に任せていた。

歴代の家政婦はいい人ばかりだったが、先に懐くのはいつも聖だった。自宅に他人が入ることになかなか慣れることができなかった望がようやく心を許せるようになる頃には新しい人に変わってしまう。その繰り返しだった。

中学に上がる頃には望が家事全般をこなせるようになり、家政婦を頼む必要はなくなった。同じ頃から聖の症状も徐々に軽くなり、何日も続けて学校を休むことはなくなった。

保奈実が安堵《あんど》したのも束《つか》の間《ま》、遠海家を新たな頭痛のタネが襲う。聖の成績だ。

仕方のないこととはいえ、欠席の多かった聖の成績は、望のように常にトップクラスというわけにはいかなかった。それでも中学に入ったばかりの頃は、安定しないなりにも上位グループを掠《かす》めていたのだが、二年になるとその順位は一変する。身体は丈夫になったというのに、有り余る体力をすべて部活動のサッカーに捧《ささ》げてしまった結果、学業成績は下降の一《いっ》途《と》を辿《たど》った。

定期考査の結果が出るたびため息をついていた保奈実は、ふたりが中学三年生になったある日、研究室の大学院生だという青年を家に連れてきた。

「今日から家庭教師をお願いすることになった、都築先生よ」

「へ？　家庭教師？」

素《す》っ頓狂《とんきょう》な声を上げた聖の横で、望も同じように呆然《ぼうぜん》とする。

「初めまして。都築一恒です。えーと、どっちが聖くんで、どっちが望くんかな」

戸惑い気味に尋ねる一恒の視線に、望は困惑した。そんな話、聞いていない。

保奈実の行動はいつも唐突だ。確かに今の聖の成績では、志望する高校に合格できるラインからほど遠い。けれど本人の承諾《しょうだく》を得る前に勝手に家庭教師を頼んでしまうのは、ちょっとやりすぎなんじゃないだろうか。忙しすぎて親子のコミュニケーションが足りていないことに、保奈実は気づいているのだろうか。

「お母さん、あのさ」

珍しく抗議の言葉を口にしようとした望の横から、聖が一歩前に出た。

「オレが聖です。よろしくお願いします」

――え？

にっこりと振り向いた弟の横顔は、望の想像に反し、意気揚々《いきようよう》としているように見えた。

「三年だし、さすがにそろそろ本腰《ほんごし》入れて勉強しなくちゃと思ってたところだったんだよね」

自分と同じように、母の強引なやり方に不服を感じているに違いないと思っていたが、聖はそんな台詞をすらすらと口にし、

「オレ、絶対に合格したいんで、よろしくお願いします」

一恒に向かってひょいっと勢いよく手を伸ばした。

「頼もしいな。こちらこそよろしく」

がっちり握手《あくしゅ》を交わすふたりに、望はざわざわと妙な居心地の悪さを覚えた。

「望くんも、よろしく」

不意に声をかけられ、一歩後ずさる。

「あ……はい、でも」

聖の家庭教師なのだから、自分が握手するのはどうなのだろう。そんな戸惑いを察したのだろう、一恒が笑った。

「聖くんを教えるのがメインだけど、望くんもわからないところがあったら遠慮なく質問して。ひとり教えるのもふたり教えるのも、同じだから」

「……はい、えっと、それじゃ、よろしくお願いします」

おずおずと差し出した右手が、大きなふたつの手のひらに包み込まれる。甲《こう》に浮き出た男っぽい骨や筋と、伝わる体温がどこかアンバランスだった。

聖には片手だったのに、自分には両手で応えてくれた。意味などあるはずもない、たまたまだとわかっていても、なぜだろうちょっとだけ嬉しくなった。

一恒は週に二日、水曜と土曜に遠海家にやってくることに決まった。

本腰宣言など眉唾《まゆつば》と思っていたが、その日から聖は夕食後、きちんと机に向かうようになった。部活動と同じくらい熱中していたゲーム機も自ら封印《ふういん》し、一恒から「次回までにやっておくように」と渡される課題に、必死の形相《ぎょうそう》で取り組んでいた。

授業はいつも聖の個室ではなく、居間のテーブルで行われた。望も質問しやすいようにという一恒の配慮だったのだろう。居間を通るたびに「望くん、何か聞きたいことない？」と声をかけてくれるが、望が答える前に決まって聖が「望は頭いいから、カテキョとかいらないの」と横やりを入れる。解き方を教えてほしい問題があっても、見えないバリアを張られたような気がして、滅多《めった》に言い出せなかった。

聖の様子が気になっていたのだろう、ゴールデンウイークの直前、保奈実は一度だけ早い時間に帰宅した。人生初というほど真剣に勉強する息子の姿に目を細め、大いに満足した様子で、また仕事に出ていった。

出がけに、保奈実は望ひとりを玄関に呼んだ。

「聖のことなんだけど」

「うん」

「この頃大きな発作は起きていないけど、ほら、珍しくあんなにがんばっちゃってるから、気づかないうちにストレス溜《た》めてるんじゃないかと思うの。で、また発作が起きないとも限らないでしょ」

「そうだね」

「少しでも様子がおかしいと思ったら」

「わかってる。すぐに病院とお母さんに連絡するよ」

保奈実は頷き、「悪いわね」と言った。

「望のおかげね。私がこうして働けるのも」

望のおかげ。それが保奈実の常套句《じょうとうく》。

「そんなことないって言ってるでしょ。聖だって手伝ってくれるし」

でもってこれが、望の常套句。

「ありがとう、望。頼んだわよ」

「わかってる。いってらっしゃい。気をつけて」

ジャケットの裾《すそ》を翻《ひるがえ》し、颯爽《さっそう》と出かけていく母を見送る。生き生きとしたその背中に、家族という檻《おり》から解き放たれるための羽が見えた気がして、望は思わず目を伏《ふ》せた。

居間に戻ると、ふたりは何やら楽しげに笑っていた。聖が遠海家にひとつしかない海外製のティーポットなど出してきて、一恒のために紅茶を淹《い》れている。たった今、保奈実に「手伝ってくれる」とは言ったけれど、聖が自らキッチンに立つのを望はその時初めて見た。

「望くんもおいで」

保奈実がフルーツタルトを三つ、買って置いていった。

はい、と答えようとすると、ケトルを手にした聖が振り向いた。

「残念。三つともタルトなんだよ。望、タルト嫌いなんだよね」

「え、そうなのか」

意外そうに一恒が見上げた。

「タルトの生地《きじ》って食べにくいから、望は好きじゃないんだってさ」

確か、すごく小さい頃にそんなことを言った記憶があるが、今の今まで忘れていた。望本人がずっと忘れていたことを、妙にはっきりと覚えている聖に感心してしまった。

今はタルト嫌いじゃないよと言おうとして気づいた。聖はティーカップをふたり分しか用意していない。

「おれ、部屋に戻ります。都築先生、ごゆっくり」

廊下《ろうか》に顔を出した聖が「望の分、オレとカズくんで食べていいよね」と笑顔で尋ねた。

いいよ、と答えながら思う。

――カズくんってなんだよ。

いつの間にそんなに親しくなったのだろう。

一恒が帰った後、聖はいつも上機嫌だ。英単語の語彙《ごい》が倍増したとか、二次方程式って思ってたより簡単だったとか、風呂上がりに望の部屋にやってきてはあれこれ報告する。

しかしその夜一恒が帰った後、聖のテンションはいつもより低めだった。

「望の分のタルト、冷蔵庫に入れておいたから」

ドアから顔だけ覗《のぞ》かせて、聖がぼそりと言った。

「都築先生とふたりで食べたんじゃなかったのか」

「オレは半分こして食べようって言ったんだけどさ」

どうやら一恒が、それは望の分だからと窘《たしな》めたらしい。

「望、この間カズくんに数学、教えてもらっただろ」

「一問だけね」

どうしても自力で解けない問題があって、聖がトイレに行っている間にこっそり一恒に教えを請《こ》うたのだ。

「高校レベルの問題だって、言われてたよな」

「ちょっとクセのある応用問題だったから」

どれどれ見せてみろと、テキストの数字をなぞる長いひとさし指に胸がドキドキした。

「いいよなあ、望は。カズくん、顔には出さないけどきっと呆《あき》れてるだろうな。双子なのになんでこんなに出来が違うんだろうって」

ノートに落としていた視線を上げると、珍しく弱気な顔をした聖が、ドアも閉めずに立っていた。

「聖はスタートが遅かっただけだろ。がんばってるんだから、そのうち必ず成果が出るって」

「カズくんもそう言ってくれるんだけどさ」

「まだ十ヶ月もあるんだし」

「まあね」

聖の気持ちはわかる。受験を前にして焦《あせ》る気持ちは誰もが同じだ。望だって余裕綽々《よゆうしゃくしゃく》というわけじゃない。

「望、さっきはゴメン」

弱気のついでみたいに、聖がうな垂れた。

「なんのこと？」

「タルト。望がタルト苦手だって言ったの、保育園の時の話なのに」

「いいよ別に。お腹空《なかす》いてないから」

兄を追っ払ってタルトを二個せしめようとしたことは、不問に付した。

お咎《とが》めなしにホッとしたのか、聖は少々恥ずかしそうに傍《かたわ》らのベッドに腰を下ろした。

「オレさあ、カズくんが本当のお兄ちゃんだったらよかったのにって、思うんだよね」

「……え」

「望もオレの兄ちゃんだけどさ、双子だから同じ年だろ。結局は対等じゃん。カズくんみたいな年の離れたお兄ちゃんがいたら、勉強教えてもらったり、遊んでもらったりして、子供の頃とかも寂しくなかったのになって思うんだ。お父さんがいなくても」

聖は照れたように、なんちゃってと笑った。

「聖……」

——やっぱり寂しかったんだな、お前も。

同じことを感じていたのに、どちらも口には出さなかった。

「望は勉強もできるし、運動神経もいいし、オレよりなんでも上手《うま》い」

「運動はいい勝負だよ。足はお前の方が速い」

「足だけ速くても、部長にはなれない」

「部長なんて大変なだけだよ。連絡回したり、雑用ばっかり多くて」

「雑用も文句言わずにこなすから部長なんだよ。とにかく望はみんなから信頼されてる。オレはちゃらんぽらんな上にしょっちゅう部活休んでるから、スタメンすら危ないもん」

望は持っていたシャーペンを置き、少し俯《うつむ》いた聖の横顔をじっと見つめた。

「望はオレが欲しいもの、なんでも持ってる。勉強も、スポーツも、友達や先生からの信頼も、それに――健康も」

望は思わず押し黙る。

今までどちらも触れなかった。触れないのがルールだと思っていた。

同じ血が流れるふたつの身体。片方にだけ持病を与えたのは、神さまの気まぐれなのか。

「正直、喘息じゃなかったらなあと思ったこと、何度もあった。一年生ん時運動会に出られなかった時とか、五年の野外活動に行けなかった時とか」

「……うん」

「今はずいぶん丈夫になったけど、それでもまだ、時々不安なんだ」

わかるよ、と軽々しくは言えなかった。発作の苦しみを、望は一度も体験したことがないから。

「タルトをふたつ食べたかったわけじゃないんだ、さっき」

聖がゆっくりと顔を上げた。

「カズくんと、ふたりで食べたかったんだ。望がいると、カズくんと話す時間が半分になっちゃうだろ。だからつい、あんなこと言ったんだ」

ゴメン、と聖は頭を下げた。

「望は、教えてもらわなくてもできるだろ。数学も英語も全部。でもオレにはカズくんが必要なんだ。カズくんが来てくれると思うと、不思議なくらい勉強に身が入る。初めてなんだ。誰かにこんなに『認めてもらいたい』って思うの」

「聖……」

「オレ、カズくんのことが好きなんだよね」

「好きって……」

「カズくんを独り占めしたい――とか言ったら望、笑う？」

なんと返事をすればいいのだろう。どう答えるのが正解なのだろう。望は逡巡《しゅんじゅん》する。

『望……苦しい……よぉ』

あれは小学校に上がったばかりの頃だった。聖が初めて大きな発作を起こし、望が救急車を呼んだ。ひゅーひゅーと聖の喉が鳴るのをただ傍らで聞くことしかできなかった。早く来て。早く誰か。聖が死んじゃう、聖が死んじゃうよ。救急車の音が聞こえてくるまでの時間が、永遠みたいに長かった。

「中三にもなって、自分でも笑えるけど」

「そんなこと」

望は首を横に振った。

発作が起きなくなってからというもの、聖は周りが呆れるほどサッカーに熱中した。度重なる欠席で試合にも満足に出られなかったそれまでの穴を、必死に埋めようとしていた。一恒と出会い、今度は勉強もがんばろうとしている。

物心ついた時には、父は亡くなっていた。保奈実の仕事も年を追い責任が重くなるにつれ忙しさを増していった。学校での出来事や友達とのあれこれ、嬉しかったこと、辛《つら》かったこと――誰かに聞いてほしいと思っても、報告する相手はいなかった。一恒に認めてほしい一心で一念発起した聖。子供っぽいとからかうことなど、望にはできなかった。

「都築先生は、聖の家庭教師だよ。サービスでおれの質問にも答えてくれてるけど、本当ならその分も手当を出さないといけない」

「うん……でも」

「それに、正直おれは誰かに教えてもらうより、ひとりで静かに勉強する方が性に合ってる。聖、せっかく都築先生みたいな人に巡り会えたんだから、めちゃくちゃがんばってお母さんとか担任とか、びっくりさせてやれよ」

そう励《はげ》ますと聖はようやくいつもの笑顔に戻り、とびきり明るい声で「そうだね」と頷いた。

聖の部屋のドアが閉まる音を待って、望はベッドにダイブした。

――好きって……言ったよな。

好きにもいろいろある。

多分、聖の言う〝好き〟は、好きな先生とか好きな先輩とか好きな芸能人とか、そういう類《たぐい》のものなのだろう。でなければ、あんなにさらりと口に出すことはできない。

——でも。

もっと特別な〝好き〟を考えてしまうのは、望自身がそういう性指向の持ち主だからだ。はっきりと自覚してまだ間もないが、おそらく間違いない。

恋愛対象は同性。誰にも言えない。相談などとてもできなかった。

自覚はあっても、十四年半の人生において、具体的に誰かと恋愛関係になった経験はもちろんない。ただでさえ晩生《おくて》な自分は、もしかすると一生恋人などできないかもしれないと思っている。

自分と同じ遺伝子を持つ聖。弟もまた同じ性指向であっても、なんの不思議もない。

「聖は……都築先生が、好き」

小さく口にした途端、言葉は急に何かを含んだように膨《ふく》れ上がり、望にのしかかってきた。

この胸の重苦しさは、一体なんなのだろう。

望は寝返りを打ち、じっと天井《てんじょう》を睨《にら》んだ。

夏休み前の中学総体で、ほとんどの三年生は部活動を引退する。聖は努力が報われ、無事レギュラーポジションを獲得し、スタメンとして活躍した。関東大会進出まであと一勝というところで負けてしまったが、悔《く》いはないと爽《さわ》やかな涙を流していた。

一方の望はまったく振るわなかった。部長の自分が負けるわけにはいかないと気負いすぎたのだろう、練習試合では一度も負けたことのない相手にあっさり敗れ、個人戦も団体戦も一回戦で敗退した。顧問《こもん》やチームメイトに励まされても、申し訳なくて顔を上げられなかった。じくじくとした後悔《こうかい》に苛まれ、どこか不完全燃焼のまま夏休みに突入した。それほど成績が落ちたわけではないのに、望はひどく焦っていた。

夏休み直前の模擬《もぎ》試験で、聖の成績がジャンプアップしたのだ。

「オレが成績上げるのは、ほら、百二十キロの人が百十キロにダイエットするみたいなもんだから。望がオレと同じだけ順位上げたら、天井突き抜けちゃうだろ」

そんなことを言いながらも聖は嬉しそうで、授業の日、やってきた一恒にダッシュで駆け寄って報告していた。よくがんばったなと褒《ほ》められて頬を染める聖を、望は真っ直ぐに見られなかった。聖の努力を喜べない。自分の狭量さに吐《は》き気《け》がした。

一恒の来る水曜日と土曜日の夜、望は外へ出かけることにした。学校も図書館も閉まっている時間帯、落ち着いて勉強できる場所などなかったけれど、聖が一恒に教えてもらっている家にいるよりは、騒がしいハンバーガーショップの方がマシだった。

イライラは望から集中力を奪った。英単語の綴《つづ》りをうっかり間違えたり漢字をど忘れしたり、得意の数学でも単純なミスで躓《つまず》くようになってしまった。このままでは学期始めの実力テストで、これまでのような点数が取れない。望はひとり、色の悪い水に浸《ひた》されたスポンジのように、日増しに膨れ上がっていく不安や苛立《いらだ》ちに耐えていた。

「おかえり、望」

一恒に声をかけられたのは、八月に入ったばかりの土曜日だった。ハンバーガーショップから帰宅し、真っ直ぐ自室に戻ろうとすると、もう帰ったとばかり思っていた一恒が居間のソファーに座っていた。

「ただいま」

きょろきょろと見回すが、聖の姿はない。

「あの、聖は」

「喉が渇《かわ》いたって、コンビニに飲み物買いにいった」

「そうですか」

「望の分も頼んでおいた。聖のことだから間違いなく炭酸系だろうけど」

それで一恒のおごりだと気づいた。望は「いつもすみません。ありがとうございます」と聖の分まで頭を下げた。

この頃になると一恒はふたりに「くん」付けをしなくなっていた。低いけれど温かみのある声が自分の名を呼ぶ瞬間を、望はこっそり楽しみにしていた。

どうして今日はまだ帰らないのだろうと思っていると、一恒が口を開いた。

「望、明日何か予定あるか」

「明日ですか？」

急にどうしたのだろう。

「もし時間があるなら、急で悪いんだけど、ひとつ頼みがあるんだ」

「頼み……？」

もしかして一恒はそのために残っていたのだろうか。脳裏《のうり》に〝自分が一恒に頼まれそうなこと〟をリストアップしようと試みたが、残念ながらひとつも書き出せなかった。

「予定は特にありませんけど」

おずおずと告げると、一恒は口元を綻《ほころ》ばせた。

「実はちょっと、つき合ってほしいところがあるんだ」

つき合って、というからにはどこかに出かけるということだろうか。

一恒の行きそうな場所に思いを巡らせても、やはりひとつも思い浮かばない。

「いい……ですけど」

どこなのかな。どこなんだろう。

聞きたくてたまらないのに妙な具合に緊張してしまい、素直に聞けない自分がもどかしい。

望の戸惑いを見透《みす》かしたのか、一恒はいとも楽しげに尋ねた。

「どこだと思う？」

「……わかりません」

「じゃ、行き先はお楽しみってことにしよう」

「……はあ」

「あんまり乗り気じゃない？」

「そんなっ」

思わずぶんぶん首を振った。

「嬉しいです。楽しみにしてます。ものすごく」

ものすごくは大げさだったかもしれない。

「大丈夫。変な場所じゃない」

「変な場所？」

「ラブホとか」

「らっ」

無表情のままさらっと吐き出された言葉に、頬がカッと熱くなった。

ラブホがラブホテルのことだということも、何をする場所なのかも知っている。クラスメイトが面白可笑《おもしろおか》しく話す猥談《わいだん》にも、その手の言葉は時々出てくる。いちいち反応するほどのことじゃないのに、一恒の口から飛び出した途端、なぜだかやけに生々しく感じられてしまう。鼓膜《こまく》の内側をドクドクと叩《たた》く血流は、望の耳や白い首筋まで赤く染めた。

「望は可愛いな」

えっ、と視線を上げると、ひどく甘ったるい視線が自分を見下ろしている。

「真っ赤」

「ちょっと……暑いから」

エアコン入れようかなと、Tシャツの胸元をハタハタさせた。

「からかって悪かった」

「別に、おれは、本当に暑くて、だから」

しどろもどろの言い訳をしていると、外で自転車のスタンドを立てる音がした。聖がコンビニから帰ってきたらしい。

「あの、このこと、聖にはもう？」

伝えてあるのかと尋ねると、一恒は少々バツが悪そうに俯いた。

「聖は誘ってないんだ」

「え？」

「明日八時に車で迎えにくる」

一恒は遠海家から少し離れた児童公園の前を、待ち合わせ場所に指定した。

——おれだけ？

聖は来ない。一恒とふたりきり。

急に、さっきまでとは種類の違う、胸がざわつくような緊張を覚えた。

「気づかれないように出てこいよ」

「……はい」

「極秘のデートだからな」

望が意味もなく全身を硬直させた瞬間「ただいま！　アイスも買ってきた」と玄関から声が響いた。

——デート……。

望はその夜、極秘デートについてあれこれ妄想《もうそう》を巡らせ、ほとんど一睡《いっすい》もできなかった。


「もしかして、潮風《しおかぜ》シーランドですか」

「当たり」

聖には、昨夜のうちに「明日は卓球部の友達と遊びにいく」と言っておいた。

日曜の朝、一恒の車で海浜方面へ走ること二時間。次第に近づいてきた巨大な建物と門にはテレビCMなどで見覚えがあった。隣県の海沿いにある水族館『潮風シーランド』は、昨年の冬にオープンしたばかりの大型アクアミュージアムだ。

「ここ、いっぺん来てみたいと思ってたんです」

「それはよかった」

「水族館なんていつ以来だろう。保育園くらいか、もしかしたらもっと前だったかも」

望は興奮を抑え切れず、助手席の窓を開ける。

ふわりと髪をなびかせた夏の風は、かすかに潮の香りがした。

一恒は慣れた手つきでハンドルを切る。ロールアップしたシャツの裾《すそ》から伸びる長い腕は夏らしい小麦色で、羨ましくなるほどしなやかな筋肉に覆《おお》われていた。卓球ひと筋だった望は夏でも色白で、部活を引退してまだひと月だというのに、腕の筋肉は悲しいほど退化してしまった。ギアを操作するたびに、まるで車と連動しているみたいにきゅっきゅっと蠢《うごめ》く一恒の筋肉に、望はなんだかドキドキしてしまい、視線をまた窓の外に向けた。

「でも、どうして水族館に？」

「うん。実は」

一恒はようやく来館の目的を話し出した。

修桜大学工学部で工業デザインを学ぶ大学院生の一恒には、他にもうひとつ、新進のプロダクトデザイナーという顔がある。二十代の若さでいくつかのコンテストで賞を取り、その道ではすでにちょっと名の知れた存在なのだと、以前保奈実から聞かされた。

ひと口にプロダクトデザイナーと言っても、手がけるデザインの範疇《はんちゅう》は人それぞれだ。自動車や家電製品、医療機器などといった工業デザインはもとより、店舗《てんぽ》、家具、文房具、食器、それに商品のパッケージまで、ありとあらゆる物がデザインの対象となる。工業デザインがメインというデザイナーもいれば、パッケージ専門の人もいるが、一恒は自称〝なんでも屋〟なのだという。

「潮風シーランドの総合デザインを手がけたのは、俺がとても尊敬しているデザイナーなんだ」

現在ミラノで活躍しているというそのイタリア人デザイナーは、一恒が最初に応募したコンテストの審査員だった。一恒のデザインした椅子《いす》を高く評価し、いつでもミラノに来いと誘ってくれているのだという。

チケット売り場には、すでに長い列ができていた。曲線を意識した独創的な水槽《すいそう》のデザインも人気のひとつなのだと、一恒が教えてくれた。

「本当は、オープンしてすぐに来たかったんだけど、ほら」

一恒はそこで少し声を顰《ひそ》め、囁《ささや》くように言った。

「周りをよく見てみろ」

促されて周囲を見回すと、「ほら」の意味はすぐにわかった。

恋人同士が半分、家族連れが半分。

「男ひとりで来るのは、ちょっとばかり気が引ける」

涼しい顔で、ほんの少しだけ眉を下げてみせる一恒に、望は目を瞬《しばたた》かせた。

「都築先生でも、そんなこと思うんですか」

「思う」

一恒はきっぱりと言い切った。

「マンタやエイに、じとーっと哀れみの目で見られた日には、切なくて泣けてくる」

真顔で言うので、望は思わず噴《ふ》き出した。

「大人なのに」

「大人だから切ないのだ」

「そんなものですか」

「望もあと十年したらわかる。さ、入ろう」

大きな手のひらが、望の背中をそっと押した。

ホッキョクグマの大きさに身を引き、ユーモラスなペンギンの動きに頬を緩め、キラキラ光るイワシの大群にため息を漏らした。アクアロードと名付けられた水中トンネルは、日本では数少ない百八十度のガラス張りで、まるで水中散歩でもしているような気分だった。

とにかくわくわくした。小さい頃からミニカーや電車より生き物が好きで、特に水の生き物には興味があった。望はいつしか時の経つのも忘れ、優雅《ゆうが》で神秘的な水槽の住人たちに見入っていた。

その水槽が見えてきた時、「あっ」と声が出た。思わず小走りに駆《か》け寄ったのは、期間限定の展示コーナーだった。

「うわあ……」

並んだ円柱の水槽に、望は吸い寄せられるようにへばりついた。

「本物なんですね。初めて見ました」

「俺も」

「やばい……めちゃくちゃ可愛い」

その小さな生き物を、望はこれまで写真や動画でしか見たことがなかった。

「ハダカカメガイ――か。巻き貝の一種なんだな」

プレートの解説文を目で追いながら、隣で一恒が呟《つぶや》いた。

「北極海とか南極とか、寒い海に生息してるんだって。冬になると流氷にくっついてオホーツク海沿岸あたりまで移動してくると書いてある。ほら、ああやって翼足《よくそく》を動かして移動しているだって」

「よくそく？」

「その、翼《つばさ》みたいなやつ。元々は足だったものが進化したらしい」

望は額が触れそうなほど水槽に近づき、白いひらひらした翼のような部分を凝視《ぎょうし》した。

「きれいだなあ、クリオネ」

たちまち、体長一センチほどの透明なプランクトンの虜《とりこ》になった。

「ほんとにきれいだな」

「はい」

『氷の妖精《ようせい》』、『流氷の天使』そんな異名《いみょう》を持つのも納得できる。感動のあまりいつまでも水槽から離れられない望を、一恒は文句ひとつ言わずに待っていてくれた。

気づいた時にはランチタイムをとっくに過ぎていた。

「すみません。おれ、クリオネに一時間もへばりついちゃって」

恐縮する望に、一恒は「かえってすぐに座れそうだぞ」とレストランエリアを指した。ピークを過ぎ、どの店にもちらほらと空席が見える。ふたりは手打ちパスタの店を選び、半日ぶりに腰を下ろした。

「今夜はクリオネの夢を見そうです。持って帰って家で飼いたいくらい」

フォークにパスタを絡めていても、望は心ここにあらずだった。

「そういえば遠海家ではペット飼っていないな」

「ああ……家はペット、無理なんです」

聖にアレルギーがあるため、動物を飼うどころか外で触れることも許されない。

「聖は喘息だったんだよな。ごめん」

一恒が謝るので、望は首を振った。ペットなんてもうとっくの昔に諦《あきら》めている。蘇《よみがえ》りそうになった嫌な記憶を、パスタと一緒に飲み込んだ。

「都築先生は子供の頃、ペットを飼ったことありますか」

「一度もないな」

「まさか先生もアレルギー？」

一恒は、いや、と首を振る。

「動物は好きだしアレルギーもない。ひとりっ子だったから、飼いたいと思ったこともある」

「じゃあどうして」

「千年も万年も生きる動物じゃない限り、必ず別れが来るだろ。可愛がっている動物に死なれたら、立ち直れる気がしない」

「ああ……」

その気持ちは望にもわかる。けれど少年時代の話とはいえ、その弱気なエピソードは、普段の都築からは想像ができなかった。

「俺の親父《おやじ》は、獣医《じゅうい》なんだ」

「獣医って、動物のお医者さんですか」

うん、と一恒は頷く。

「いい加減な飼い主もいないわけじゃないけど、ほとんどの飼い主はペットを家族のように愛している。長年一緒に暮らしてきたペットの亡骸《なきがら》を抱いて帰る家族を、子供の頃からたくさん見てきたからな。怖いんだ」

それで、と望は納得した。

「命を預かる責任もある。もし犬や猫を飼っていて、そいつが病気にでもなったら、多分俺は学校に行けなかっただろうな」

「先回りしていろいろ考えすぎて、飼う機会を逸《いっ》しちゃったんですね」

「そういうこと。ペットだけじゃなく、人間関係においても俺は基本そういうスタンスだから、大学の友達にはポーカーフェイスのへたれチキンだと言われている」

友人同士の付き合いに、責任という言葉はあまりそぐわない。一恒の言う人間関係というのは、なんとなくだけれど恋愛関係を意味しているのではないかと望は思った。

一恒には今、恋人がいるのだろうか。

ふと浮かんだ思いに、驚くほど鼓動が跳ねた。

可愛くて、別れるのは想像するのも辛くて、最後まで責任を取らなくてはならないと思うほど大切な相手……。

「どうかしたか」

「え、あ、いえ。なんでもないです」

ぼーっとしていた。

「熱いならシャツのボタンを外せ」

「え？」

「顔が赤いぞ」

指摘されて頬が赤くなっていたことに気づいた。止まらないドキドキに気づかれまいと、望はひたすらパスタを口に運び、あっという間に平らげてしまった。

「都築先生は、水族館のデザインもするんですか」

「いつか手がけてみたいと思うね。今はまだ夢の夢だけど」

「素敵な夢ですよね」

「俺がデザインしたら、望、来てくれるか」

「もちろんです」

「たくさん勉強して、一生懸命がんばって、いつか叶《かな》えるよ」

一恒が口にする「夢」や「勉強」という言葉には、「どうせ無理だろうけど」といった乾きがまったく感じられなかった。年頃のせいか望の周りには斜に構えるのが格好いいと思っている友達が多い。真摯《しんし》で謙虚《けんきょ》な一恒の瞳は、とても好ましく新鮮なものに映った。

「絶対に叶います！　ていうか、叶うと思います」

やけに力を込めて言ってしまって、恥ずかしくなった。望はグラスを引き寄せ、ガムシロップとミルクたっぷりのアイスコーヒーを勢いよく吸った。本当はオレンジジュースがよかったのだけれど、つい大人ぶって「同じものを」と言ってしまった。ガムシロップを入れてもまだ苦くて顔を顰めたら、一恒が笑いながら自分の分をくれた。

「望にそう言ってもらえると勇気が湧《わ》くよ。本当に叶う気がしてくる」

「そんな……おれなんて、別に」

なんの特技も特徴もない、絵に描いたような普通の中学生だ。照れ隠しに望はまたごくごくとアイスコーヒーを飲んだ。適当にあしらってくれてもよかったのに。嬉しさで頬が緩むのをこらえ切れなかった。そんな望に、一恒は目を細め「安心した」と呟いた。

「安心？」

「ここのところ、望に避けられてる気がしていたから」

望はストローを摘《つま》んだまま、視線を上げた。

「この頃俺が行くと、お前必ず出かけていなかったろ。夜なのに」

「それ、は」

やっぱり気づかれていたのだ。脇《わき》に嫌な汗を感じた。

「塾にでも通い出したのかと思ったけど、違うみたいだし。聖と喧嘩《けんか》している様子もないし、夜遊びって雰囲気でもない。ならば、俺が避けられてるのかなと」

「そんなんじゃ、ないです。考えすぎです」

「そうかな」

「だって、都築先生を避ける理由……ない」

語尾が震えたのは、聖の顔が浮かんだからだ。

それならなぜいつも出かけているのかと聞かれたら、なんと答えればいいのだろう。

「たまに環境変えて勉強するのも、いいかなって、思って」

「そうか」

「本当に、それだけです」

しどろもどろの嘘だったが、一恒はそれ以上突っ込まなかった。

視線を泳がせる自分を見つめる目が優しくて、望は胸にちくりと痛みを覚える。

「わかった。でも気分転換したい気持ちはわかるけど、土曜と水曜の夜に望が外で勉強していること、遠海先生は知らないんだろ？」

「……はい」

「だったら夜の外出はやめた方がいい。もし俺と聖の話し声が気になるなら、俺たちが場所を変えてもいいから」

望はふるふると首を振った。

「じゃ、今週からは水曜と土曜もちゃんと家で勉強するように。約束だぞ」

「はい」

「って、受験生をこんなところに連れてきている俺が、言えた義理じゃないけれど」

俯いたまま「ごめんなさい」と呟くと、一恒の長い腕がテーブル越しに伸びてきて望の頭をわしわしと撫でてくれた。

「望がいないと、寂しいんだよ」

殺し文句みたいな言葉を、一恒はやっぱりポーカーフェイスのままくれるのだった。

帰りの車の中で、一恒が言った。

「こんなに喜んでくれるんなら、もっと早く連れてくればよかった」

「本当に楽しかったです。ありがとうございました」

「受験が終わったらまた来よう」

「ほんとですか！」

望は思わず運転席を振り向いた。一恒はハンドルを握《にぎ》ったまま、ああと頷いた。

嬉しくて口元がにやけてしまう。

「そういや去年のクリスマスには、入り口のところにニューヨークのロックフェラーセンターと同じような、でっかいツリーが飾られたらしい」

「あ、それテレビで観ました。すっごくきれいでした。今年も飾るのかな」

「多分な。でも今年はダメだぞ」

そうだ、受験生だった。望はシュンとうな垂れた。

「あーあ、早く受験終わらないかなあ。今年はクリスマスも誕生日もナシなんて」

「誕生日？」

一恒が横目でちらりとこちらを見た。

「聖から聞いていませんか。おれたちの誕生日、十二月二十四日なんです」

「そうだったのか」

一恒は目を丸くし、それから「そりゃお気の毒」と笑みを浮かべる。

「クリスマスと誕生日のプレゼント、毎年一緒にされるだろ」

「はい。子供の頃は不満でしたけど、いい加減慣れました」

「大人だな」

「でもほんとはちょっと不満。だっておれの誕生日、ほんとは二十四日じゃないから」

信号が黄色になる。急げば通過できたのに、一恒はゆっくりとブレーキをかけた。

「どういうことだ」

「聖は正真正銘《しょうしんしょうめい》二十四日生まれですけど、おれが取り上げられた時はまだ前日だったんです」

望は自分と聖の誕生のエピソードを話した。

一恒は本気で驚いているようだった。確かにそうそうある話ではない。

「なかなかレアな誕生の仕方だったわけだ」

誕生日の一件について話す時、望はどうしても楽しい気分になれない。

だからつい、暗い声になった。

「おれは……普通がよかったです」

ほんの少し眉を顰め、一恒が望の横顔を覗いている。

ふと、話してみたくなった。誰かに聞いてほしくなった。

保奈実から誕生日の話を聞かされた時、望の脳裏にある疑念が浮かんだ。十二月二十四日は聖夜だ。「聖」という名前は間違いなく誕生日を由来としている。では自分が「望」である理由はなんなのだろう。そう考えた時、望の頭にふとある考えが浮かんだ。

――字面《じづら》が似てるから？

「望」と「聖」は下半分が同じだ。文字として見た時、とても似ている。二卵性とはいえ自分たちは双子だ。弟の名前が先に「聖」と決まって、だから長男の自分には、それと似たような漢字ひと文字を、適当にあてたのではないだろうか。

「適当って、お前、本気でそう思ってるのか」

「本気も何も、そうとしか考えられないと思いませんか」

「遠海先生に確かめたのか」

「確かめてはいませんけど、きっとそうです。そう考えるのが自然だし」

「自然って――」

いつの間にか信号が青に変わっていた。後ろの車にクラクションを鳴らされ、一恒は慌ててサイドブレーキを解除する。海沿いの道路は、渋滞が始まっていた。

「自分たちの名前の由来を聞いてみたことはないのか、一度も」

「あります……けど」

保奈実ははっきりした答えをくれなかった。

そのうち教えてあげるからと忙しそうに背を向けられ、答えたくないのだと悟った。

字面が似ているると気づいたのと同じ頃、望は同級生からある話を聞かされた。

『僕ね、お腹の中では双子だったんだって。でもね、うちは子供をふたりは育てられないから、パパとママが話し合って、僕だけを産んだんだって』

その時はまだ幼くて深く考えることはしなかった。しかし成長するにつれ、望は徐々に理解する。彼の両親は彼ひとりを選び、もうひとりをあえて産まなかったのだ。大人の身勝手《みがって》な都合がまかり通る世の中も、事実をそのまま子供に話す無神経さにも、慄然《りつぜん》とした。

彼だけが特別なのだろうか。幼いながらに望は煩悶《はんもん》した。

はっきりとした意味のある「聖」という名前。対して自分は、名前の由来を知らない。

そもそも名前は「聖」ひとつしか用意されていなかったのではないだろうか。

ふつふつと湧いた疑念は、年を追うごとに大きくなり、いつしか誕生日を改ざんされた事実より、望の心に大きな影を落とすようになっていった。

まだ幼かった望にも、女手ひとつで子供を育てる苦労はわかっていた。ひとりでも大変なのにましてや双子だ。保奈実の両親とも望たちの生まれる前に他界している。若くして夫に先立たれた悲しみに浸る暇すらなかっただろう。せめて子供がひとりだったら——そんなふうに思ったことは一度たりともなかったのだろうか。

「その同級生の親と同じことを、遠海先生が考えていたと言いたいのか」

「そうは言っていません」

「どちらかひとりにしておけばよかったと、今になって遠海先生が後悔していると？」

「そうじゃないって言ってるじゃないですか」

苛立った声に一恒は黙ったが、納得していないことは尖ったため息でわかった。

忘れられない光景がある。聖が初めて大きな発作を起こした日のことだ。母はいつになく取り乱した様子で職場から飛んで帰ってきた。辺り構わず涙する彼女の横で、望はその身を固くしていた。

『望が救急車呼んでくれたのね。本当にありがとう』

『……うん』

『ごめんね、大事な時にお母さん、いつもいなくて』

望は小さく首を振った。

言わなくちゃ。でも言えない。苦しむ弟の横で、そんなことばかり考えていた。保身の塊《かたまり》。卑怯《ひきょう》な自分。――母が、こんな自分を許すはずがない。

「自分がないがしろにされていると思ってるのか」

「そんなこと……」

「そう聞こえたのは、俺の考えすぎかな」

やんわりと責められ、答えることができなかった。

「聖が小児喘息で、小さい頃すごく手がかかったってことは、遠海先生から聞いている。そのせいで家事やら何やら、望に負担をかけているって」

「別に負担だなんて思っていません」

「けど夕食の支度《したく》とか洗濯とか掃除とか、ほとんどお前がやっているんだろ」

「強制されたわけじゃありません。お母さんはあまり家にいないし、聖もアレルギーがひどいし。誰もやれる人がいないんだから、おれがやるのは当然です。家政婦さんだっておれが断ってって頼んだんです」

嘘をついているわけじゃないのに、なぜだろう言葉の端々が尖ってしまう。

やっぱりこんな話するんじゃなかったと、望は強く後悔した。

前の車のブレーキランプが、車内を赤く染める。

柔らかいオレンジ色が、沈む夕焼けのようだと思った。

「海って、こんなに近かったんだ」

ひとり言のように呟いた。小学生の頃、夏休みが明けるのが憂鬱《ゆううつ》だった。海水浴や家族旅行の話が飛び交うクラスメイトの輪から、そっと離れるのが寂しくてたまらなかった。

朝拾ってもらった児童公園の前で、一恒は車を停めた。

「本当に楽しかったです。今日はありがとうございました」

笑顔で一礼し、ドアに手をかけようとすると、「待て」と二の腕を摑《つか》まれた。

「さっきの話だけど」

「さっきの?」

「名前の話」

「ああ……」

お説教か。望はひっそり嘆息《たんそく》した。一恒は保奈実を尊敬している。その保奈実が息子《むすこ》の名付けを適当に済ませたなんて信じたくないのだろう。

「その話なら忘れてください。誕生日を変えられたことが信じられなかったから、ちょっと勘《かん》ぐっただけです」

「けどお前は、今でもそれが真実だと思っているんだろ」

一恒はサイドブレーキを引きエンジンを切った。望はもう一度シートに身体を埋《うず》める。

「望、そこのラーメン屋、行ったことあるか」

視線を追う。一恒は児童公園の向かいにあるラーメン屋を見ていた。

「何度か。チャーシュー麺《めん》が美味《おい》しいんです」

「お前、もしも自分の名前が望じゃなくて〝ちゃーしゅーめん〟だったらどうする」

「はっ?」

一恒の話は、時々とんでもなく脈絡がない。

唐突に太陽系の外へ放り出されたようで、望は困惑する。

店のガラス越しに、店主らしき中年男性と、息子なのだろうよく似た顔の青年が、感じのいい笑顔で客に応対していた。彼の名前は知らないが、間違っても〝ちゃーしゅーめん〟ではないはずだ。

「えっと……」

望は、整いすぎて何を考えているのかわからない横顔と、『ラーメン御殿《ごてん》・麵麵』の看板を交互に見た。

「T大の理学部に、依田先生というちょっと変わり者の教授がいる。ゲンゴロウ研究の第一人者としてその世界では超のつく有名人なんだけど、そのひとり息子というのが俺と高校の同級生で、偶然同じ修桜大に進んだ。今、理学部の多様性生物研究室というところにいる」

「……はあ」

このまま最後まで話についていけるだろうか。

「気が合うし、何より人として信頼できる。男の俺から見てもなかなかいい男だ。ただ、どんなに親しくなっても、酔《よ》った席でも、そいつは名前で呼ばせてくれない。苗字《みょうじ》で呼べという。名前で呼んだら絶交だと」

「どうして、ですか」

『麵麵』の看板を見つめながら、一恒は口元にうっすら笑みを浮かべた。

「チャーシュー麵で生計を立てているラーメン屋の親父も、さすがに自分の息子に〝ちゃーしゅーめん〟とはつけないよな。けど依田教授はつけちゃったんだなあ。息子に」

「まさかっ」

望は目を剝《む》いた。

「依田源五郎《げんごろう》っていうんだ。俺の親友」

半笑いのまま慰《なぐさ》めの言葉を探す望の横で、一恒がクッと腹筋で笑った。

「小学校くらいまではずいぶんからかわれたらしい」

「でしょうね」

源五郎少年の苦悩がありありと目に浮かぶ。

「父親との関係はずっと最悪だったみたいだけど、なんやかんやで気づいたら自分もそっちの道に入っていた。蛙《かえる》の子は蛙なんていうとシャレにならないけど、最近じゃ、まあタガメとかミズスマシじゃなくてよかったと笑ってる。人生なんて、わりとそんなもんだ」

ふたりでひとしきり笑った後、一恒は言った。

「望って名前には、ちゃんと意味があると思う。遠海先生はクールだから感情がわかりにくいけど、家事のことだって、お前に任せるのが当たり前だなんて考えていないと、俺は思う」

「………」

「人の心って、クリオネみたいに透けては見えないからな。ついあれこれ想像して悪い方に勘ぐってしまいがちだけど、本当に知りたいことはやっぱり正面から聞いた方がいい。ずっと胸にもやもやを抱えているのは、苦しいだろ」

夕日はとっくに沈んだのに、さっきの温《ぬく》もりが残っているのだろうか。

頬が火照《ほて》る。

「まあ、そうは言っても今さら聞きづらいとこもあるだろうし、家事だって事実上お前がやらなきゃ誰がやる、って感じだろうし」

「……はい」

「だけど、四六時中《しろくじちゅう》がんばる必要はない。知ってるか、望。この国では、中学生までは自分を中心に世界を回していいことになってるんだ」

「そうなんですか？」

「義務教育とか言って、雨の日も風の日も強制的に勉強させられるんだから。親や教師にわがまま言うくらいの権利はあって当然だ」

望は噴き出してしまった。無茶苦茶な理屈なのに、一恒がしかつめらしく語るものだから、正しいことのように思えてくる。視界が潤《うる》みそうになるのは、笑いすぎたせいだ。

「辛い時や、何か困ったことが起きた時は、いつでもいいから俺に電話しろ。聖の家庭教師は有料だけど、お前の人生相談は二十四時間無料だ」

「電話……してもいいんですか」

「オプションで駆けつけサービスもご利用いただけます」

「オプションは、有料？」

「ご安心ください。すべて無料でございます」

一恒はナイトよろしく、恭《うやうや》しく頭を下げてみせた。

――都築先生……。

車を降り、遠ざかっていくテイルランプを見送りながら、望はようやく気づいた。

つき合ってほしいというのが、ただの口実だったことに。

尊敬するデザイナーの作品を見にいくのに、連れが望でなければならない理由はどこにもない。デザインについてまるで無知な中学生を、わざわざ選んで誘う意味がない。誰でもいいなら聖と一緒でもよかったはずだ。

一恒は多分、望が苛まれている閉塞感《へいそくかん》に気づいていたのだ。

家族だからこそ口にできないやるせなさ。いつか不満となって爆発《ばくはつ》させてしまうことが怖くて、正面から対峙《たいじ》することができなかった。だけど、どんなに心の隅《すみ》に追いやって見ないふりをしても、感情が消えるわけじゃない。

そんな望のために、一恒は一計を案じてくれた。秘密のデートは、望のために一恒が用意してくれたガス抜きの時間だったのだ。

家に帰ると、聖は自室で数学の問題集と格闘《かくとう》していた。

「ただいま。ごめん、遅くなって」

「晩飯は？」

「いい。あんまりお腹空いてないから。聖は？」

「今朝のシャケの残りで、おにぎり握って食った」

「聖が？　自分で？」

「うん」

冷蔵庫を開ける時にしかキッチンに入らない聖が、自分でおにぎりを握った。それはちょっとした驚きだった。通りすがりに覗いたキッチンのテーブルに、何やら大きくて歪《いびつ》な黒い塊があった。正体はおにぎりだったらしい。

「初めて握ったけど、おにぎりって結構難しいんだな。ちゃんと具を隠そうとするとどんどん大きくなっちゃうし」

聖は問題集を見つめたまま、照れたように言った。

「望の分も作ったから、よかったら食って」

「サンキュ。そうする」

ドアを閉めようとすると、「望」と聖が呼んだ。

「楽しかった？　今日」

「……え」

身体が一瞬、びくんと硬直した。

「久々だったんだろ、卓球部全員で集まるの」

「あ……うん、すごく盛り上がった。遅くなってほんと、ゴメン」

聖は問題集から顔を上げた。

「別に謝ることないのに。変な望」

苦笑しながら首を傾げる弟から、そっと目を逸《そ》らしドアを閉めた。

カズくんが好きなんだ。独り占めしたい――そんな聖の気持ちを知っていて、嘘をついて一恒と会った。聖が慣れない手つきで一生懸命、ふたり分のおにぎりを握っているその時間に、自分は一恒の車の助手席にいた。

望はぎゅっと拳《こぶし》を握る。

「ゴメン、聖」

ドアの向こうには決して届かない声で、だけど謝らずにはいられない自分が、どうしようもなく嫌いだった。


いろいろな意味で落ち着かなかった夏休みが終わり、街の秋色が徐々に深まってきたある日、ちょっとした事件が起きた。聖が一恒のマンションにひとりで遊びにいったのだ。

一恒を家庭教師として連れてきた日、保奈実は息子たちにひとつの約束をさせた。一恒のプライベートに足を踏み入れないこと。つまり一恒の部屋に遊びにいくことを禁止したのだ。

どんなに若くても、母親の教え子であっても、あなたたちにとっては先生なのだから必要以上に馴《な》れ馴《な》れしくしてはダメ、と。保奈実はそういったけじめをとても重んじた。

半年以上その約束を守ってきたのに、ここへ来て聖が禁を破った。わからない問題を聞きにいっただけ、というのが言い分だったが、日曜の夜にアポなしで、お菓子まで持参して訪問したのだから言い訳は通用しない。母子の約束など知らない一恒は「ぜんぜん構わない」と言ってくれたらしいが、聖はコテンパンに叱《しか》られ、また同じことをしたら一恒に辞めてもらうと保奈実に言い渡された。

さすがにしょげた聖はひと晩部屋から出てこなかったが、翌朝保奈実が仕事に出ていくと、待っていたように望の部屋にやってきて、一恒の部屋で見たあれこれについて話し出した。

ワンルームだったけれど思っていたよりは広かったとか、机の上がカオスだったとか、カーペットにカレーの染みがあったとか。聞いてもいないことを嬉々《きき》として話す聖に、望は「あっそ」「へえ」と気のない返事を続けた。意外にも望の歓心が得られなかったことに落胆《らくたん》したのか、聖は少々不満げに立ち上がった。さっさと自分の部屋に帰れと心の中で毒づく望に、聖はひと言残すのを忘れなかった。

「そういやカズくん、指、怪我《けが》してた」

「怪我？」

「うん。包帯ぐるぐる。なんかに挟んだんだってさ。案外ドジだね。右手だからラーメンめっちゃ食いにくいって笑ってた」

「骨折とか、したのかな」

「ちょっと縫《ぬ》っただけだって。骨は大丈夫だったってさ」

――縫ったのか。

「本当に大丈夫なのかな」

日常生活も心配だが、デザインの仕事に支障は出ていないのだろうか。顔を曇《くも》らせる望の心を知ってかしらでか、聖は小さな爆弾を落とす。

「大丈夫だと思うよ。だってカズくん、彼女いるみたいだし」

「……え」

「玄関の靴箱《くつばこ》の上に、女物のマフラーが丸めて置いてあったんだ」

「女物って……なんでわかるんだよ」

「だってショッキングピンクだよ？　それにクンクンしたら、香水の匂いしたし。カズくんってぜんぜん女っ気ないと思ってたのに。なんか超意外だった」

聖は入ってきた時と同じように、鼻歌交じりに出ていった。

ドアが閉まるや、望は意味もなく椅子から立ち上がり、思い直して座り、もう一度座ってみたが、すぐにまた立ち上がった。

――彼女……いたんだ。

ピンクのマフラーを巻く女性。香水をつける女性。一恒の部屋を訪れる女性。傷の手当てなんかもするんだろうか。不自由な一恒に代わって食事の支度とか。

十四歳には想像の及ばない、ぼんやりと柔らかな女性のシルエットが胸を締めつけた。鼻歌なんか歌って平気そうにしていたけれど、わざわざ教えにきたところをみると、やっぱり聖もショックだったんだろうか。

そっとドアを開け、聖の部屋に耳をそばだててみた。鼻歌はまだ続いていて、望は少しだけホッとした。

指を怪我したと聞いたのでお見舞い。それと、水族館のお礼もまだしていなかったし。一恒の部屋を訪問する理由として、それらの大義名分は悪くないように思えた。あれから二ヶ月。少々時間が経ちすぎている気もするが、聖の「分からない問題を云々《うんぬん》」よりはかなりマシだ。部屋に入れてもらうつもりはない。玄関先でお見舞い&お礼のサンドイッチを手渡して、ついでに靴箱の上のマフラーをちらっと確かめるだけ。だから保奈実や聖の視線にびくびくする必要はないのだ。

だいたい聖はそそっかしい。もしかしたらショッキングピンクじゃなくサーモンピンクの紳士物《しんしもの》だったかもしれないし、香水にだって男性物はある。長身で都会的な顔立ちの一恒にはピンクのマフラーも香水も、きっと似合うだろう。男物か女物かを見極められる自信はないけれど、ちゃんと自分の目で確かめたかった。

遠海家のある町から電車で二駅。駅から歩いて十分のマンションには、エントランススペースもなく、オートロックも付いていなかった。望は外階段を一気に三階まで上り、目的の部屋の前に立った。聖の訪問から二日後のことだった。

表札を確認し、深呼吸をひとつ。呼《よ》び鈴《りん》を鳴らそうと手を伸ばした時だ。

ドアの内側から弾《はじ》けるような笑い声が聞こえてきた。

「ありがとう。大事に取っておいてくれて」

「大事にはしていなかった。埃だらけだろ」

「相変わらずねー。そのつれない言い方」

「つれないかな」

「そういう、自分のことちっともわかってないところが、いかにもカズらしいわ」

笑いながら交わされる軽妙なやりとりから、ふたりの親しさが伝わってくる。

ひとりは間違いなく一恒だ。ということは、相手の女性は――。

望は慌てて隠れる場所を探したが、廊下はどこまでも真っ直ぐで、階段までは遠い。

「じゃ、そういうことで」

「身体に気をつけてがんばれよ」

ドアが開く。先に出てきたのは女性だった。ショートカットで細身のシルエットを視線の端で捕らえながら、望は階段に向かって走り出した。

「ありがと。カズもね」

「ああ——ん？　望？」

なるべく足音を立てずに走ったのだけれど、やっぱり気づかれてしまった。

「望！」

飛んでくる声を無視し、望は階段を下りる。バタバタという足音は、二階の踊り場で望を捕らえた。仕方がない。コンパスが違いすぎる。

「待て。なんで逃げるんだ」

「すみません……」

「どうして謝るんだ。というかどうした、急に」

一恒は軽く屈《かが》んで、俯く望の顔を心配そうに下から見上げた。右手の人差し指には白い包帯が巻かれている。

思わぬ状況にプチパニックに陥っていると、コツコツと足音が近づいてきて、止まった。

「カズ、私行くね」

「あー……悪い」

「気にしないで。じゃ」

おそらく彼女は一恒の見舞いにきたのだ。もしかしたら食事の支度とか掃除や洗濯までしてやったかもしれない。これから一恒が駅まで送っていくところだったのだろう。

「おれ、帰ります。ごめんなさい」

とんだ邪魔者《じゃまもの》だ。一恒も彼女も、気分を害したに違いない。頭を下げてとっとと立ち去ろうとしたが、一恒に腕を摑まれてしまった。身を捩《よじ》って解こうとすると、一恒は何を思ったのか望を背中から羽交《はが》い締《じ》めにした。その腕の力強さに、心臓が跳ね上がった。

ひらひらと右手を振って、彼女が去っていく。秋風に首元のマフラーがなびく。それは聖の報告どおり、サーモンピンクじゃなく、目の覚めるようなショッキングピンクだった。

望を抱き締めながら、一恒の視線は彼女の背中を追っているはずだ。その顔を見るのが怖くて、望はますます深く俯いた。

「離してっ、ください」

「どうしだんだ、望。何かあったのか」

「おれ、あの……ごめんなさい」

「だから、何を謝ってるんだ」

「彼女を、送ってください」

「送らなくていい」

「でも」

「いいと言ったらいいんだ。望の気にすることじゃない」

声色が少し尖っている。自分のせいで彼女を送れなかったのだから当然だ。一恒が腕を解いても、望の鼓動は暴れたままだった。

おいで、と背中を押された。

「ここじゃ話、できないだろ。何か用があるから来たんだろ？」

望は強く首を振る。

「この近所に、たまたま用事があって」

「どんな」

「どんなって、別に普通の、どうでもいい、ただの用事です。それで、帰ろうとしたんだけど、そういえば都築先生ん家《ち》、この辺だったなと思って……本当にそれだけです」

全身全霊《ぜんしんぜんれい》の言い訳だったのに、一恒は「はいはい」と笑い出した。

「聖に聞いたんだろ、このこと」

一恒は包帯の巻かれた指で、望の鼻の頭をツンとつついた。

「お見舞いに来てくれたのかと思ったのに。そうか、たまたまか。残念だな」

ふと紙袋に視線を落とすと、留守《るす》だった時のためにと書いてきたメモが見えていた。

「都築先生へ。怪我大丈夫ですか。お見舞いです。遠海望」

「こ、これはっ」

もう言い訳はできない。望は真っ赤になって俯き、おずおずと紙袋を差し出した。

「……お見舞いです。どうぞ」

「最初からそう言えばいいのに。見舞いをもらうほどの怪我じゃないけど、嬉しいよ。ありがとう。こっちこそ心配かけて悪かったな」

望は首を振る。

「それに、お礼も、まだだったから」

「お礼？」

「夏に、水族館に連れていってもらった」

「水族――ああ」

一恒があの日を思い出すのにかかった三秒が、望の心を重くした。

ほんの三秒だ。たったの。

でもその三秒間、一恒はあの日のことを思い出せなかった。

こんなことで泣きたくなるなんて、自分はどうかしてしまったのだろうか。

望はぐっと歯を食いしばった。

「律儀だな。礼なんていらないのに――と言いたいところだけど、これ何？　手作りみたいだけど」

「サンドイッチです」

カツサンドとハムチーズサンド。昨夜遅くまでかかって作った。一恒が好きな時に食べられるようにと冷凍した。

「手が使えないだろうと思って、わざわざ作ってくれたのか」

「つ、ついでですから。味の保証、ないし」

「ありがとう。本当に嬉しい」

一恒は受け取った紙袋を大事そうに胸に抱き、「あ、抱いたら解けちゃうな」と笑った。

「それじゃ、失礼します」

望は小さく頭を下げた。

「上がっていけよ」

「いえ、帰ります」

また腕を取られそうだったので、望は慌てて一歩後ずさった。

「この間、聖がお母さんに怒られたから」

「らしいな。気にしなくていいのに、遠海先生はそういうところ厳しいからな」

「ここに来たことは、母には言わないでください。聖にも」

「言うわけないだろ。絶対に言わないから上がって――」

「サンドイッチ、彼女とふたりでどうぞ」

は？　と一恒が首を傾げた。

「彼女って、あいつのことか」

　一恒は彼女が去った道路の方を、軽く顎で指した。

　望が黙って頷くと、一恒は「あのなあ」と半笑いする。

「今帰ったの、見ただろ」

「でも、また来ますよね。お口に合うかどうかわかりませんけど、ふたりで食べる分くらいはあるから。あ、でも彼女の手料理とかもありますね。その時は、サンドイッチは適当に処分してください」

「処分って、望、あのな」

「お邪魔しました」

　望は一礼し、階段を一気に駆け下りた。

「お邪魔してないだろ、おいこら、待て」

　来た道を全力で駆け戻る。自分を呼ぶ声を背中で聞きながら。

　自分の知っている一恒は、ほんの一面なのだ。大学院生で、プロダクトデザイナーで、きれいな女性の恋人で。中学生の家庭教師というのは、彼の一面どころか断片でしかない。しかも望が教わっているわけでもない。

　考えれば考えるほど、自分と一恒の間にはなんの繋《つな》がりもない。家族でも友人でも同級生でも恋人でもない。当たり前のことなのに。今さらのように気づいてしまった事実に、望は自分でも驚くほど打ちのめされた。

その日、家までどうやって戻ったのか、よく覚えていない。ひらひらと振られた華奢《きゃしゃ》な手のひらと、風になびくショッキングピンクは、それからずっと望の脳裏にこびりつき、どんなに深いため息をついても洗い流すことはできなかった。

年末が近づいてくると、街中がそわそわと落ち着かなくなる。一年で一番楽しみなイベント、誕生日とクリスマスが同時に訪れるとあって、望と聖にとってこの季節は幼い頃から特別なものだった。

マンションを突撃訪問して以来、望は一恒と顔を合わせづらくなっていた。以前のように聖の気持ちを慮《おもんぱか》ってというのではない。心の中で日々膨れ上がるわけのわからないわだかまりのせいだった。そのもやもやとした感情がなんなのか、すっきりとした答えを見つけられないまま、望はひたすら一恒を避けた。外出はしないと約束してしまった手前、聖の授業が終わるまで仕方なく自室に籠《こ》もり、心穏やかでない時間を過ごした。

一恒は時折、望の部屋をノックした。独特のコンコンというテンポの速いノックは、望の心臓に直接響《ひび》き、鼓動を速めた。胸の奥を直接コンコンとされているようで、望は椅子から立ち上がりドアに向かうのだが、そのたびにあの日のピンクのひらひらが頭を過《よぎ》り、眠っているふりをしてしまうのだった。

「望、ちょっといいか」

発するのはそのひと言だけで、あとは望の気配を窺《うかが》うように三十秒ほど佇《たたず》み、静かに立ち去っていく。承諾なしにドアを開けたりはしない。マナーなのだから当然のことだ。それなのに、ため息混じりに去っていく足音に、しょせんその程度の用事なのかと落胆している愚《おろ》かな自分がいた。

顔を見たいのならドアを開ければいいのだ。本当にバカみたいだと思う。

その夜も、一恒は帰りしなに望の部屋をノックした。どうしよう。返事をしようか。けど今さら何を話せばいいんだろう。自分の態度はきっと、一恒の目には拗ねた幼児のように映っているに違いない。何を拗ねているのかと尋ねたくて、ドアを叩いてくれる。

拗ねているのかな。いや、拗ねてなんかいない。

それならどうして出ていかないのか。一恒に、本当に会いたくないのか——。

逡巡していると、ドアの隙間からふたつに折りたたんだ小さな紙きれが差し込まれた。足音が聞こえなくなるのを待って、望は紙を手に取る。

【児童公園の前にいる。気が向いたらおいで】

少しクセのある一恒の文字が、望の胸の奥をいつもより強くノックした。

月が青い。凍《こご》えるような気温だった。コンビニに行くと聖に言い残し、望は夜の住宅街を全力疾走《しっそう》した。こんな寒さの中、一恒は本当に待ってくれているのだろうかという疑問と、待たせたら悪いという思いが交互に過った。

一恒はふたつ並んだブランコの道路側に座っていた。望は黙って内側のブランコに腰を下ろす。プラスチック製の板は、ジーンズ越しにもかなり冷たかった。

「もうちょっと温かそうな上着はなかったのか」

秋口から着ているジャケットは、薄手な上に丈《たけ》が短い。

「ダウンとか、まだ出してなくて」

ここ数日で一気に冷え込んだ。母親の不在がちな受験生は、服装にまで頭が回らない。

「風邪《かぜ》ひくだろ、バカだな——って、呼び出しておいて言うことじゃないな」

一恒は自分のピーコートを脱いで望の肩《かた》にかけた。

「ダメです。都築先生が寒い」

「受験生に風邪ひかせたら、末代まで祟《たた》られる」

「祟りません」

「いいから黙って着てなさい」

抵抗むなしく、望はあっという間に一恒のピーコートにくるまれた。ジャケットの上からだというのに、胸回りに余裕がある。袖《そで》も、望の指先まで隠れてしまうほど長かった。

「ずっと……何を怒ってるのか、聞いてもどうせ答えてくれないいんだろうけど」

きこ、きこ、とブランコを軋《きし》ませながら一恒が呟く。

「別に……怒ってなんか」

「怒ってもいないのに三ヶ月無視？」

「無視なんて、そんな」

望はハッと一恒を見やる。

「この三ヶ月で、俺は十回以上お前の部屋をノックした。でも一度も返事はなかった。サンドイッチの礼も言わせてくれないし。結構傷ついてるんだけど」

その瞳が本当に悲しそうで、望はたまらず視線を落とした。

「オプションの駆けつけサービスも、使ってくれそうにないから、俺の方から押しかけサービスするしかなかった」

「………」

「違っていたらゴメン。もしかして望、あの時の女の人のことを気にして——」

「違います！」

思わずぴょんと立ち上がった。自分の声の大きさに、望自身が驚いた。

「な、なんでおれがあの人のこと、き、気にしないといけないんですか」

「落ち着け」

「落ち着いてます！　子供扱いしないでください。だいたい都築先生がどんな女の人とつき合おうが、その人と何をしようが、おれにはぜんぜんまったく関係ない話じゃないですか。なんで気にしたり、怒って部屋に閉じこもったりしなくちゃいけないんですか。意味わかんないんですけど」

拳を握り締めて力説した。声の震えに気づかれないように、あっはっはと笑ってみせた。

「そっか。そうだよな」

「そうですよ」

「じゃあどうして部屋に閉じこもっていたんだ」

「別に閉じこもってなんか」

「今自分で言ったよな」

言質《げんち》を取られ、言葉につまる。

一恒は短く嘆息し、それからゆっくりと立ち上がった。

「あの人は、今は俺の彼女じゃないよ。今年の春に別れた、元カノ」

ぜんぜんまったく関係ないと言ったはずなのに、一恒は勝手に話し始めた。

「あの日は、つき合ってた頃に忘れていったマフラーを取りにきたんだ。捨ててくれと言われていたし、俺も捨てたつもりだった。『あのマフラーまだ取ってある?』ってメールが来て、念のためにと探してみたらクローゼットの奥に丸めてあった。自分でも驚いたよ」

そういえば玄関で、ふたりはそんな会話をしていた。

「存在すら忘れていた。別れてから彼女が俺の部屋に来たのは、後にも先にもあの時だけだ。連絡も取っていない」

「別におれは」

「ついでにサンドイッチは俺がひとりで全部、美味しくいただいた」

関係ないはずなのに、どうしようもないほどホッとしている自分に戸惑う。真冬の外出から帰宅して一目散にこたつに潜《もぐ》り込んだ時のように、一恒の一方的な言い訳は望の凍えた身体をじわじわと蕩《とろ》かした。

「せっかく来てくれたのに、いきなり鉢合《はちあ》わせて驚かせたよな」

望はふるふると頭を振った。謝らなくてはならないのは自分なのに。

「望に嫌われたかと思った」

「……え」

「昼間っから女の人を部屋に連れ込むなんて、都築先生は汚い！　いやらしい！　変態！　ケダモノ！　とか、思われたかなーと」

「そ、そんなこと思いません」

「ホントかな。望、わりと潔癖症《けっぺきしょう》っぽいから」

「そんなことありません！」

耳まで赤くなって反論すると、一恒は口元だけでちょっと笑い「冗談だ」と言った。

「か、からかうために、わざわざ呼び出したんですか」

「そうだ、忘れるところだった」

一恒は傍らに置いてあったペットボトルを手に取った。誰かが置いていったのかと思っていたら、一恒のものだったらしい。

「覗いてごらん」

一恒は、望の頭上でペットボトルを月明かりに翳《かざ》した。

一体なんだろうと訝《いぶか》りながら、言われたとおりに見上げると、ボトルの中にゆらゆらと漂《ただよ》う小さなオレンジ色が見える。望はじっと目をこらし――息を呑《の》んだ。

「嘘……」

オレンジは、クリオネだった。

「気に入ってくれたか」

気に入るも入らないも。望は驚きに大きく目を見開いた。

「望のどんぐりまなこが、また見られて嬉しい」

「どうしたんですか、これ」

「研究用のを分けてもらったんだ。依田に」

「依田さん……あ、あの」

「そう」

ゲンゴロウ、と一恒は世にも楽しそうに言った。

そういえばあの日、別れ際に一恒は『依田のところの研究室で、確かクリオネも扱ってい

たはずだな』と言っていた。

「研究用の……そんな大事なものを、どうしておれのために？」

「決めていたんだ。水族館に行った日に」

「水族館？」

「今日、祝ってやろうと思って」

——まさか。

今日この日に、一恒に呼び出された理由。

「ハッピーバースデー、望。十五歳おめでと」

その、まさかだった。

誕生日の前日、十二月二十三日。望がこの世に生を受けた記念日だ。

「ありがとう……ございます」

「家庭で育てるのは結構難しいらしいから、短命かもしれないと言っていた。でもこれなら聖のアレルギーを気にせず飼えるだろ」

ペットボトルを胸に寄せ、望はこくりと頷いた。

どうしよう。胸がじんじんする。

一恒は全部覚えていてくれたのだ。望がクリオネを可愛いと言ったことも、本当の誕生日のことも、聖のためにペット飼うのを諦めていたことも——全部。

嬉しさに震える指先を、一恒は寒さのためと誤解したらしい。風邪をひくからそろそろ帰ろう促した。望はまた黙って頷く。嬉しすぎて言葉が出てこなかった。

家まで送ってもらい、門の前でピーコートを返した。

聖が気づくといけないので、小声で礼を告げた。

「じゃあな」

それがお決まりのように望の髪をくしゅくしゅと撫で回し、一恒は帰っていった。

外灯があっても薄暗い住宅街。背の高い後ろ姿が遠ざかり闇《やみ》に消えても、望はすぐには家に入れなかった。

――どうしよう。

寒さは感じなかった。むしろ身体の芯《しん》が、熱を帯びたようにじんじんする。

――どうしよう。

聖が好きな人なのに。独り占めさせてやると約束したのに。

「……でも」

好きになってしまった。聖と同じ人を好きになってしまった。

そこにあると本当は知っていた。けど認めるのが怖くて、ずっと目を逸らしてきた感情。

――都築先生が好きだ。大好きだ。

もうごまかせない。

頬が火照る。冷えたペットボトルに頬を寄せた。

粘度《ねんど》の高い罪悪感と、コントロールできない高揚感《こうようかん》。

ふたつの感情は、まるで水中を漂うクリオネのように、ゆらゆらと頼りなく揺れ続けた。


「へえ、都築がこれをねえ」

ミーティングスペースのパイプ椅子に腰かけ、依田は分厚い写真集をパラパラと捲った。

「さすがプロだな。俺たちが溺《おぼ》れそうになりながら撮る資料写真とは、雲泥《うんでい》の差だ」

碧《あお》く美しい写真の一枚一枚に目を通し、依田は感嘆した。

「研究目的ではなく観賞用ですから。でも海の碧って、本当に癒《い》やされますね」

「そうだな。にしてもこれ発売前なんだろ？　都築のやつよく手に入れたな」

「撮影したカメラマンの方と、知り合いなんだそうです」

「こんな辞書みたいに重いの、手荷物で持って帰ってきたんだって？」

「みたいです」

「愚かだな。まったく望が絡むと見境がなくなるな、都築は。そういえばミラノに行く直前のクリスマス頃にも、クリオネを一匹分けてくれと言われたことがあったけど、あれもどうせ望くんのとこに行ったんだろ？」

「はい……すみません」

「謝ることないよ」

苦笑する依田の視線がいたたまれなくて、望は淹れたばかりのコーヒーを啜《すす》った。一恒にもらったばかりの写真集をいそいそと持参してきたことを、ちょっぴり後悔した。

修桜大学理学部生物学科・多様性生物研究室。望が足繁《あししげ》く通っている基礎生物学系のラボだ。研究棟は、広大な理学部キャンパスの奥の奥、敷地のほぼ外れといえる場所にひっそりと建っている。三階の東半分が、多様性生物研究室だ。

望が最初にここを訪れたのはおよそ三年前、高校受験が終わり、合格発表まであと数日という時だった。その夏に水族館で出会って以来、望はすっかりクリオネの虜になっていた。最初はただ「可愛い」だけだったが、次第にその神秘性に惹《ひ》かれ、興味の対象は他の様々なプランクトンにまで広がっていった。志望大学も、進む高校が決まる前からすでに修桜の理学部と決めていた。

一恒はそんな望を、親友である依田が所属するこの研究室に連れてきてくれた。

教授をはじめ、ラボの人々はみな大らかで、少々若すぎる未来の研究者を温かく迎えてくれた。就職のよい工学系に比べて若干人気の劣《おと》る理学部の、しかも基礎生物学だ。地味でマニアックな研究に携《たずさ》わりたいという十五歳は、大いに歓迎された。

無論研究室内のどこにでも立ち入ってよいわけではなく、白衣の着用が必要な実験室や飼育室の一部には立ち入りを禁止されたが、機密性の薄いその他の部屋には自由に出入りすることを許可された。母親が工学部の教授であるというプロフィールは、望の口からは打ち明けなかったが、おそらく依田経由でラボ内に広まっていたはずだ。『望くんが真面目で一生懸命だからだよ』と依田は言ってくれたが、身元が確かだったこともすんなりと出入りを許可された要因だったのかもしれない。

この春、望は晴れて修桜大の学生になった。学部一年生の受ける講義は半分以上が一般教養で、専攻や所属するラボが決定するのは二年も先のことなのだが、望の気持ちはすでにこの研究室の一員だった。

「依田さん、このファイルって、奥の棚《たな》のでしたっけ」

まだ写真集を眺《なが》めている依田に話しかけた。

「いや、それはそっちじゃなくて廊下の——あ」

こちらを振り向きかけた依田の視線が、窓の外で止まった。

「噂《うわさ》をすれば、だな」

促されて窓を見やると、まだ葉の茂《しげ》っていない銀杏並木《いちょうなみき》を小走りに駆けてくる一恒の姿が目に入った。

「なんで都築さんが……?」

「あれ、今日あいつが来るって教えてなかったっけ」

「いいえ」

「おかしいな。言ったと思ったけどなあ」

依田はとぼけたように首を捻《ひね》りながら背を向ける。笑いを噛《か》み殺すその横顔に、わざと教えなかったのだと気づいた。

穏やかな面立《おもだ》ちを裏切らない優しい人となりの依田は、一恒とは違うタイプだが、やはりかなりの美形だと思う。一恒は基本的にポーカーフェイスで表情の変化もあまりない。それに対して、依田はいつもほんの少し微笑んでいるように見える。傍《そば》にいるとつい安心し、気を許してしまう。

依田を見るたび望はいつも、名は体《たい》を表すというのは嘘だなと思うのだ。

「望くん、今、都築さんって言ったよね」

小さな変化に、依田はやはり気づいていた。

「先生はやめろって」

「都築が？」

「はい」

依田はふうんと意外そうな顔をし、どういう意味なのか「なるほどね」と頷いた。

望が一恒に抱いている特別な感情を、依田は知っている。実はとあらたまって告白したわけではないが、一恒の名前が話題に上がるたび望が赤くなったり青くなったりするので、早々に勘づかれてしまったのだ。望が自ら無言の自白をしたと言ってもいい。

あからさまにからかわれることはないが、それでも今のように、ちょっとイジられているのだろうかと感じることはしばしばある。

親友に恋心を抱いている九つ年下の少年――。確かに興味深いかもしれない。

などと考えていると、研究室のミーティングルームのドアが勢いよく開いた。

「よう」

依田と会うも三年ぶりのはずなのに、一恒はまるで昨日も一昨日《おととい》もそうしていたかのように軽く片手を上げて入ってきた。

「おう」

依田も依田でソファーから立ち上がるわけでもなく、帰国したての親友を実にあっさりとした一瞥《いちべつ》で迎えた。

「白いスーツにサングラスで帰ってくるかと期待してたぞ」

ラフなジーンズ姿の一恒は「金髪にすればよかったかな」と肩を竦めた。

「三年も行ってたわりには、ちっともミラノっぽくなってないな」

「しばらくはパスタの顔を見るのもゴメンだ。この三年で自分が骨の髄《ずい》まで日本人だと自覚したよ」

がっちり抱き合って涙の再会……とは思っていなかったが、三年という長い時間を一瞬でなかったことにできるふたりに、望は半ば呆れながら、少しだけ羨ましいと思った。

友達なら、こんなふうに自然に話せる。

「都築、土産《みやげ》は？」

「ない」

「えー、望くんにはこんな立派なの買ってきて、俺にはナシ？」

「というか依田、その写真集をなんでお前が見てるんだ」

「ん？　望くんがね、俺にぜひぜひ見てほしいと持ってきてくれたんだ」

しれっと返す依田の手から、一恒はひょいと写真集を取り上げた。

「まだ半分しか見ていないのに」

「俺は望に買ってきたんだ。これは望のだ」

「だったら貸す貸さないは、望くんが決めればいいだろ。望くんが見てほしいって言うんだから、俺には見る権利がある――よね？」

突然振られ、望は反射的に「はい」と頷いた。依田は勝ち誇ったように、一恒の手から写真集を取り返す。一恒は喧嘩に負けた子供のように口を尖らせ、依田の後頭部に向かってパンチをする真似《まね》をした。望は俯いて笑いをこらえた。

一恒と依田は高校から一緒だと聞いているから、つき合いはかれこれ十年以上になるはずだ。気のおけないという言葉が、とてもしっくりくる。

他愛のないふたりのやりとりに、望はもぞもぞと落ち着かない気分になる。なぜだろうと考え、ふと思い当たった。一恒と依田と三人で顔を合わせるのは、今日で二度目なのだ。

一度目は三年前、初めてここに連れてこられた日で、依田とはそれが初対面だった。その二ヶ月後、一恒は突然ミラノに渡ってしまった。まるで何かから逃げるように。

「おれ、そろそろ行きますね」

椅子の背もたれにかけたジャケットを手にすると、一恒が驚いたように振り向いた。

「どこへ」

「講義です。三コマ目、そろそろ始まるんで」

「じゃ、俺も行くかな」

よう、と現れてから十分も経っていない。依田は呆れたように笑い出した。

「望くんと一緒に講義に出るつもりか、都築」

「帰るんだ。お前と違ってチョー忙しいからな」

「チョーお忙しい中ご足労いただいて恐悦至極《きょうえつしごく》に存じます。お茶も出しませんで」

「苦しゅうない。また来る。んじゃな」

コントめいた挨拶を交わすふたりの間をこそこそすり抜けようとしたが、一恒にシャツを摑まれつんのめった。

「つれないな。そこまで一緒に行こう」

「そこって、駐車場《ちゅうしゃじょう》までですか？　百メートルくらいですよ」

「たったの百メートルの遠回りも拒否するのか」

「だって講義が」

「百メートルあったら二分しゃべれる」

早足で廊下を歩き、駆け足で階段を下りる。

「二分で何を話すんですか」

「ウルトラマンは三分で地球を救う」

眉ひとつ動かさずにわけのわからないことを言いながら、金魚のフンのように後をついてくるので、望は駐車場経由で講義棟へ向かうことにした。

仕方なさそうに。面倒臭《めんどうくさ》そうに。演技をするのを忘れない。

停めた車が近づいてくると、一恒がポケットからキーを取り出した。

「そのキーホルダー、久しぶりに見ました」

イニシャル〝K〟と〝T〟を組み合わせたキーホルダーは、もちろん一恒が自分でデザインしたものだ。

「懐かしいです」

このキーホルダーを初めて見たのは、水族館に向かう車の中だった。

「おれのも健在ですよ」

望は携帯を取り出し、ぶら下がったストラップを振ってみせた。

銀色のクリオネ。本物よりひとまわり大きいそれは、長さ三センチほどだが、米粒大《こめつぶだい》の翼足までついていて上下に動く。さらに背中には小さな突起がついていて、押すと頭部が割れバッカルコーンと呼ばれる六本の触手がにゅっと飛び出す。驚きの精巧さだ。

ミラノに渡った一恒が、その年の十二月二十三日に送ってくれた。センスがあって手先の器用な一恒にしか作れない、世界にひとつだけのオリジナルストラップだ。

「これはおれのお守りですから」

そう言うと、一恒は嬉しそうに目を細めた。

「乗れよ。送る」

一恒が助手席のドアを開ける。

「送るって……」

「講義棟の前で降ろしてやる」

講義棟の前は車両通行禁止だと知っているくせに。

「バカ言ってないで早く帰って仕事してください。チョー忙しいんですよね」

つれなくあしらうと、一恒は肩を竦め運転席側に回っていった。大きなため息までつかれると、なんだか自分が意地悪をしているような気持ちになる。

「望、この間の話なんだけど」

運転席に乗り込んだ一恒は、エンジンをかけるや窓を開けた。

「この間？」

「真面目な話、週末来ないか、うちに」

トクンと鼓動が跳ねた。

本当は今すぐにだって行きたい。講義なんかさぼって、目の前の車に乗り込みたい。

――いいのかな。

聖になんて言い訳しよう。三年もの間一恒と会えなかったのは、聖も同じだ。再会をあんなに喜んでいた。カズくん、カズくんと仔犬《こいぬ》みたいにはしゃいで。

――でも、おれだって都築さんが……。

「じゃあ――」

来週にでもと言いかけて何気なく視線を上げると、たった今まで自分たちがいた三階の窓に、人の姿がふたつ見えた。遠くてはっきりは見えないが、ふたりでこちらを見下ろしているような気がする。

ひとりは依田だ。髪こそ短いが、もうひとりは女性のように見える。

誰だろう。多様性生物研究室にも女性研究員は何人かいる。ただ、その誰でもないような気がして、望は斜め上方をじっと見つめた。自分たちと入れ替わりに依田を訪ねてきた友人だろうか。

——まさか。

浮かんだ可能性に、望はハッと息を呑んだ。

「どうかしたか」

一恒が窓から顔を出した。

「いえ……なんでも」

「まあ、無理強いはしない」

望が黙り込んだことを、ノーの返事と取ったらしい。一恒は「気が向いたら、週末どこかにメシでも食いにいこう」と言い残して、ゆるやかにアクセルを踏み込んだ。

気なんか、とっくに向いている。望の心はいつだって一恒の方を向いているのに。

ひとり残された駐車場で、望はもう一度三階の窓を見上げる。そこに、もう人影はなかった。

むくむく膨らむ考えを、望は懸命に否定した。そんな気がしただけかもしれない。女性だというだけで、そうと決めつけるのは早計だ。そもそも多様性生物研究室に来たのだから、一恒ではなく依田か、まったく別の誰かに用があったと考える方が自然だ。

望は無意識にポケットの中をまさぐった。取り出した携帯に用はない。用があるのはそこにぶら下がっているストラップ。

「ご飯に行こうって、言ってくれたもんな」

背中の突起を押すと、頭のてっぺんからバッカルコーンが飛び出した。その繊細《せんさい》でコミカルな仕掛けに、今まで何度救われ、癒やされたかわからない。

「気のせいだよな」

もう一度突起を押す。ほらまた「まさか」とか「もしも」とか、気に病みすぎだよ望——クリオネがそう言っている気がした。

「うん。気のせい気のせい……って、マズイ、遅れる」

気づけば講義が始まる時間が迫《せま》っていた。望は携帯をポケットにしまい、何かを振り切るように駐車場の真ん中を全力疾走で突っ切った。

一恒を好きだと自覚した日から、望はそれまで経験したことのない状態に陥っていった。あと二ヶ月で高校入試本番だというのに勉強がまったく手につかず、家でも学校でも、一恒のことを考えてぼんやりすることが多くなった。年末年始、三日ほど家にいた保奈実にも、どこか具合が悪いのかと心配されたほどだ。

ああダメだ、このままじゃいけない。焦る気持ちとは裏腹に、初恋という名のアリジゴクにずるずると引き込まれていく。机に向かって数式と格闘しているこの時間、一恒がどこで誰と一緒に過ごしているのか、それればかり考えた。一恒が家に来る日は朝からそわそわとして、夕方からお気に入りの服に着替えたり、やおら歯を磨《みが》いたりして聖に不審がられた。

三年間常に学年トップクラスだったことが、土壇場《どたんば》で油断に繋がったのだろうか。よもや望が志望校に落ちるとは、担任の教師もクラスメイトも誰ひとり思っていなかった。

もちろん望本人も。

合否はインターネットで確認できる。発表から三十分後、仕事先から確認した保奈実から電話があった。人生に失敗はつきものなのだから、必要以上に落ち込む必要はないというようなことを、普段と変わらない淡々とした口調で告げられた。だから望も普段どおり、第二志望には合格しているのだから、それほど落ち込んでいないと答え、電話を切った。

一方の聖はといえば、大方の予想を見事に裏切り第一志望校に合格した。さすがに気まずかったのかそれとも気を遣《つか》ったのか、これもまたいつもの調子で友達と遊びに出かけた。晩ご飯はいらないからと、お気に入りのスニーカーを引っかける弟を、望は笑顔で送り出した。

ひとりになった途端、家中のありとあらゆる隙間から、恐ろしい勢いで静寂《せいじゃく》が流れ込んできた。望はわざと大きな音を立て、玄関ドアに鍵《かぎ》をかけた。息子が高校受験に失敗したからといって、仕事を切り上げて帰ってくるような母親でないことはとうにわかっている。よしんば望んだとしても、それが許されない仕事だということも。

静寂の気配というのがあることを、その夜望は知った。ひたひたとじわじわと、文字通り音もなく望を取り囲んでいく。落ちたんだって？　受験に失敗したんだって？　聖は受かったのに望はダメだったんだって？　――そう囁きながら。

一体ここはどこだろう。

毎日生活している家なのに、初めて入った知らない空間のように思えた。

平常心で臨《のぞ》めていたら、あと二十点は取れたはずだった。目指していたのは県内一の進学校だったから、二十点のロスは致命的だった。あがって力を出し切れなかったなんていうのは言い訳にもならない。誰もがみな緊張するのだから。

そんなつもりはなかったけれど、慢心《まんしん》があったのかもしれない。あと五分だけ、三十分だけ、今夜だけ――いつしかそんなふうに、一恒のことを考えることにばかり時間を費やしてしまった。

弱い自分。ダメな自分。負けた。負けた。負けたのだ。落ちたのだ。

信じたくないけれどこれが現実。

一度溢《あふ》れ出してしまったら、きっと止まらなくなる。わかっているから望は歯を食いしばり、胎児《たいじ》のように背中を丸めて涙をこらえた。

呼び鈴が鳴った。立ち上がるのも億劫《おっくう》で、無視をした。

また鳴った。そのまま居留守を使おうと思ったが、宅配便かもしれないと思い、仕方なくインターホンのモニターを覗いた。

「……都築先生？」

思いがけない姿が映し出されて、望は目を見開いた。

聖は合格。望は不合格。一恒に連絡したのは、保奈実に違いない。

「もしかして、お母さんに頼まれたんですか？」

聖は出かけたが望はひとりで家にいると知り、様子を見にきてくれたのかもしれない。

「おれが落ち込んでいないかどうか見にいってくれって。平気ですから全然。強がりとかじゃなくて」

「遠海先生から連絡はあったけど、頼まれてきたわけじゃない。ほらこれ」

振り返った望に、ペットボトルが差し出された。

「いつものやつ。持ってきた」

二週間に一度、一恒が届けてくれる新鮮な海水。クリオネ用だ。

「そろそろ替えないと」

「……ありがとうございます」

設備のない一般家庭でクリオネを飼育するのはかなり難しい。容器を冷蔵庫に入れて水温を低く保たなくてはならないし、月に一、二度は新鮮な海水に交換する必要がある。多様性生物研究室では、北海道の海岸近くにある海洋生物の研究所から定期的に海水を取り寄せていて、望はそのお裾分けをもらっている。届けてくれるのは一恒だ。

「いつもすみません」

「大丈夫か」

「はい。今朝も元気にゆらゆらしていました」

「クリオネのことじゃない」

え、と顔を上げると、いつの間にか一恒が真横にいた。

「ちゃんと晩飯食ったのか」

「いえ……でも大丈夫ですから」

合格発表が午後一時だった。それから七時間以上、気づけば水も飲んでいない。

一恒は小さく舌打ちする。

「とりあえず顔を見たくて真っ直ぐ来ちまったけど、何か買ってくればよかったな。ちょっと待ってろ」

一恒はそう言って、くるりと背を向けた。

「どこに行くんですか」

「そこのコンビニ。何がいい？　おにぎりか？　弁当か？」

「あんまりお腹が空いていないからいいです」

「おにぎりひとつくらいなら食えるだろ。何も食べないのは――」

「本当に空いていないんです！」

思わず大きな声を出してしまった。一恒が足を止め、驚いたように振り返った。

「何もいりません。何も食べたくない」

望は髪が乱れるほど強く首を振った。一恒がゆっくりと戻ってくる。

「だから――」

どこにも行かないで。

呟いた台詞は、ふたりの間の狭い隙間に落ちた。

「ひとりに、なりたくない」

「望……」

「食べられないよ……こんな気持ちじゃ」

台詞の後を追うように、はたりと熱い滴《しずく》が落ちて、望は自分が泣いていることに気づいた。

「ひとりにしないで」

「わかった」

「行かないで」

「行かない。どこへも行かないから」

うっ、と嗚咽《おえつ》が漏《も》れてしまった。呼吸がへんな具合に乱れる。

もうダメ。限界――。

望は一恒の胸に額を預け、ひくひくと肩を震わせた。

「あっ、あとで答案見直して、どうしてっ、こんなとこ、間違えたのかなって、今までいっ一回も、間違えたこと、ないとこ、いっぱい、いっぱい間違えて」

「うん」

「年、明けてから、ぜんぜん、べんきょっ、しゅうちゅ、でっ、できなくてっ」

一恒の長い手が、背中に回された。

ぽんぽんとあやすように優しく叩かれ、望はますます激しく嗚咽する。

「い、いっしょけんめ、じゃなかった、から、落ちた」

「望は一生懸命だったよ」

「ちがっ……けんめっ、じゃな、かった」

「違わない。望はがんばった。ただ、人よりちょっと緊張しいなだけ。それだけだ」

望はぎゅうっと目を閉じた。ぽろぽろと、涙は一恒の大きな足の甲に落ちる。

誰かの前で、こんなに泣いたことは生まれて初めてだった。

寂しいとか辛いとか悲しいとか、思うことが怖かった。

忙しい保奈実に「帰ってきてほしい」なんて言えない。受験勉強から解放され、久しぶりに遊びにいく聖に「行くな」とは言えない。こんな辛気《しんき》くさい兄と一緒にいたら、晴れやかな気分が台無しだろう。

大丈夫。ひとりで平気。今までだってずっとひとりで乗り越えてきたじゃないか。そう自分に言い聞かせたのだけれど。

「望は時々、嘘つきだな」

「……え」

「ちっとも大丈夫じゃない」

ため息混じりに言うと、一恒は望の頭をふわりとその胸に引き寄せた。

「泣きたいだけ泣け。こうしててやるから」

「都築せん、せ……」

「望がもういいって言うまで、こうしててやるから」

片腕で頭を抱かれ、片腕で背中を撫でられ、望は号泣した。あーあーと赤《あか》ん坊《ぼう》みたいに大きな声で泣いたら、余計に悲しくなってしまった。

ずっとこうしていたい。ずっとずっと、一恒に触れていたい。

叶わないとわかっていても、望まずにはいられなかった。

こんなにも強くて優しい腕がある。けれど恋人として抱かれるのは、きっと自分じゃない。

一恒が好き。大好きなのに。

「ごめんな、望」

なかなか泣きやまない望に、一恒は優しく囁いた。

「聖はギリギリだけど望は大丈夫だろうと、みんなと同じように俺も思っていた。お前が勉強に集中できないくらい何かに悩んでたなんて、思いもしなかった。もっと強引にお前の部屋に入って、勉強見てやればよかった……なんて、今さら後悔しても遅いな。週に二回も来ていたのにちっとも気づいてやれなくて、ほんとにごめん」

望は一恒のシャツに額を擦りつけるように首を振った。気持ちを悟られないようにどれほど気を遣っていたか、一恒は知らない。知られなくてよかったのだ。

「無力だな、俺は」

「そんな、こと、ないっ」

「望の涙を止めることもできない」

頭を抱き締める腕に、ぐっと力が込められた。

「ごめん、なさっ、いま泣きやむ、から」

強く目を瞑《つぶ》って歯を食いしばってみても、横隔膜《おうかくまく》の痙攣《けいれん》は収まらない。注射を我慢する幼子《おさなご》のような行動に、一恒がクスッと笑った。

「あんまり可愛いことするなよ、望」

「……え」

濡れた瞳で見上げると、一恒はもう笑っていなかった。

「可愛すぎて、困る」

「おれはっ」

可愛くなんかない。そう言いかけて呑み込んだ。

男だと知っていて、それでも一恒は可愛いと言ってくれる。たとえそれが恋愛感情ではなくても、可愛くない嫌いだと言われるよりずっといい。

「どうしたら望を元気にしてやれるのかな」

一恒の台詞は、弱った望の心に麻酔《ますい》をかける。

「望が笑ってくれるなら、なんでもするのに」

「なんでも？」

「なんでも」

「なら、キ……」

「何？　聞こえない」

言うな、ダメだ。

もうひとりの自分の声が、意識の向こうへ遠ざかる。

「キス、してくれたら元気になります……多分」

息を止め、石のようにじっと一恒の気配を窺う。

——お願いだから怒らないで。笑わないで。

祈るように目の前のシャツを握ると、一恒は両手で望の肩を摑んだ。

ゆっくりと見上げる。そこには、一恒が今まで一度も見せたことのない真剣な眼差《まなざ》しがあった。熱を帯びたように少し潤んだ瞳が、怖いくらい真っ直ぐに望を射貫《いぬ》く。

——叱られるんだ。

そう思った瞬間だった。近づいてくるその表情を確かめる間もなく、唇が触れ合う。掠める程度の軽いそれは一秒にも満たず、キスと呼べるほどのものではなかった。

「これでいい？」

包み込むような優しい声で、事務的に確認される。胸の奥が軋んだ。

「そういうのじゃ、なくて」

「ん？」

「もっとちゃんと、してください」

消えそうな声。自分がこんな声を出せることに驚いた。

「子供扱い、しないで」

短い沈黙の後、一恒がため息をついた。呆れているのかもしれない。

「知らなかった」

「……え」

「望がこんなに悪い子だったなんて」

止まりかけていた涙が、また溢れそうになる。

ごめんなさい。そう告げようとしたのだけれど。

「……んっ」

ゆっくりと近づいてきた唇に、謝罪は封印された。

——キス、してる、都築先生と。

今さっきの、親が子供にするようなキスではない。唇を深く重ねる、テレビドラマや映画で観るようなキスだ。

「……ん、ふっ……」

息継ぎの仕方がわからない。

望は身体を硬直させ、一恒のシャツを皺《しわ》になるほど強く握り締めた。

「やめる？　もっとする？」

吐息が届く距離で一恒が尋ねる。大人の余裕なのかそれとも意地悪なのか。いつも以上に一恒の本音が見えなくて、望はひたすら混乱した。

自分からねだったくせに、どうしようもなくうろたえてしまう。

もっとしてほしい。でも、この先に何があるのかを知るのは怖い。

矛盾《むじゅん》は望が子供だからか、それとも相手が一恒だからか。

——わかんない。もう、何がなんだか。

返事がないことを「やめたい」の意味に取った一恒が、わずかに身を引いた。ほんの数センチ開いた距離が、耐えがたいものに感じられた。

「やっ……もっと、する」

離れていく温もりを、必死に追いかけた。一恒が止まったので、望から唇を押しつける形になった。一恒は少し驚いた様子で、けれど望の拙《つたな》いキスを受け入れてくれた。

「……んっ……ん」

差し込まれた舌が口内で蠢く。歯列、頬の内側、上顎――キャラメルを舐《な》め溶かすように、強く弱く押しつけられる。

上顎の深い部分に舌先が届いた時、下腹部に覚えのある感覚が走った。

――あっ……ダメだ。

これ以上続けたら、きっととんでもなく恥ずかしいことになる。

「つ、づき、せんっ……んっ」

くちゅ、くちゅっと、望の知らない音がする。

これはキスの音。自分と一恒がキスしている音。もっと聞いていたいけれど。

「ダメッ……です」

唇の端から漏れた訴えを、一恒は聞き入れてくれない。

「んっ……やっ、せん、せっ」

身体の芯に火がつく。いつもより速い鼓動に乗って、毒のような熱が身体中に回る。

「ダメ、やっ……やめて！」

目の前の胸板を、ドンと突き放し、股間《こかん》の変化がバレないようにしゃがみ込んだ。

「望……」

「ごめんなさい、おれ、おれっ」

言葉が見つからない。

「いいんだ。こっちこそ……悪かった」

見上げた一恒の瞳には、深い後悔の色が浮かんでいる。

「なんで……謝るんですか」

「そうだな。キスしておいて、謝るなんて卑怯だよな」

薄く笑いながら、しかし一恒はもう一度「ごめんな」と小さく呟いた。

「元気になりましたから、おれ」

望はのろりと立ち上がる。

「だから謝らないでください」

お願いだから、なかったことにしないで。

「とりあえず、涙は止まったみたいだな」

「……はい」

「聖が帰ってくるまで、ひとりで大丈夫か」

はい、と小さく頷いた。

甘くて気まずくて切なくて苦しくて。そんな望の心の渦《うず》を察したのか、一恒はいつものように望の頭をくりくりと撫で、それから背を向けた。

「望」

玄関で靴を履《は》きながら、一恒が半分だけ振り返った。

「海水だけど、今度から自分で研究室に取りにいけるか?」

進学の決まった高校は、幸い修桜大学のキャンパスにほど近い。いつまでも一恒の手を煩《わずら》わせるわけにはいかない。望は「はい」と頷いた。

「大丈夫だよな、ひとりでも」

「大丈夫です。来月から高校生だし」

「依田には俺から話しておくから」

望は「よろしくお願いします」と小さく頭を下げた。

「あのさ、望」

立ち上がった一恒は、なぜか視線を落としたまま望を見ようとしない。

「望、俺――」

言いかけて口を噤《つぐ》んだ。何かをこらえるように。

「いや、なんでもない。じゃ、おやすみ」

「おやすみ……なさい」

ドアが静かに閉まると、静寂がまた戻ってきた。

けれどさっきのような恐怖感はもうなかった。

――キス、しちゃった。

まだ一恒の余韻《よいん》の残る唇に、指先でそっと触れる。

一恒にとっては数あるキスのひとつかもしれないが、望にとっては正真正銘のファーストキスだった。

不意に聖の顔が浮かんだ。一恒とキスしたと知ったら、聖はどんな顔をするだろう。怒るだろうか。泣くだろうか。最低だと罵《ののし》るだろうか。

「ごめん聖……でも」

望はそっと目を閉じる。

この気持ちをごまかすことはできない。

いつの間にか、できないくらい大きく育ってしまったのだ。

それから一時間ほどして、保奈実が帰ってきた。明日一日、休みを取ったという。

「聖、お友達の家に泊まるって。さっき電話があったの」

「……そう」

「まったく、合格が決まったその日に外泊なんて」

「いいじゃない。聖、すごくがんばって合格したんだからさ」

「望だって――」

「でもよかったよねー、受験直前に発作が起きなくて」

「ああ……そうね。本当に」

「こんな大きなストレスも乗り越えられるようになったんだから、聖もいよいよ小児喘息卒業かな」

にっこり笑ってみた。そうして母親の反応を窺っている自分を、望は自覚している。

「だといいわね」

保奈実は表情を崩《くず》さない。わかっている。そういう人なのだ、昔から。

「聖は明日も夕方まで遊ぶっていうから、明日は望とふたりで何か美味しいものでも食べにいこうか」

「あ、いいね。おれ、お寿司《すし》食べたい」

「いいわね。久しぶりだから奮発して、回ってないところに行きましょう」

「やった。決まりだ。おれの不合格残念パーティーだ」

小さくガッツポーズをしてみせた。

多分ずっと上手くやっていける。保奈実が必要としている、役に立つ息子を演じることができる。一恒がいてくれるから。

「あ、お母さん、お風呂沸《わ》かしてあるからね」

望は振り返り、満面の笑みで言った。

その夜、望は生まれて初めて自分の手でした。目を瞑り、一恒のキスを思い出しながらおずおずと触れると、硬くなったそこはあっという間に熱を吐き出した。

背徳感を、甘美な快感が凌駕《りょうが》した。空想の中で、望はとても大胆になれた。

一恒も時々はひとりでこんなことするのだろうか。リアルに浮かびそうになった光景を、望は慌ててかき消した。


高校受験に失敗し、直後に経験したファーストキスからほどなく、一恒は単身ミラノに旅立った。望にも聖にも、何も告げず。

保奈実から事実を知らされたのは、ふたりがそれぞれの高校に入学してひと月も過ぎた頃だった。聖はすぐにでも遊びにいきたいと駄々をこねたが、そんなわがままが聞き入れられるはずもなかった。そもそも住所がミラノのどこなのか、保奈実も知らされていなかった。

一旦《いったん》は博士課程に進んだのに、四月に入って突然退学届を提出したのだという。少なくとも三年は戻らないつもりだと言ったらしい。

めげない聖はすかさず一恒にメールを入れたが、返信が来たのは半月も過ぎてからだった。きっと忙しいのだろうと察することをしない聖は【たまにメールしてもいいですか】と迫り、数日後【いいよ】と返ってきたと喜んで報告に来た。社交辞令も何もあったものではないが、いじいじと殻《から》に閉じこもりメールも電話もできない自分より、素直で可愛いと思われただろう。

心に大きな穴が空いたまま、それでも高校生活は始まる。ぼんやりと春が過ぎ、なんとなく夏が来た。秋が深まった頃、悲しい出来事が起きた。一恒からもらったクリオネが死んでしまったのだ。予想よりずっと早い死だった。

その日はたまらず学校を休んだ。クリオネは一恒と自分を繫ぐたったひとつの——小さくてもそれは、ただひとつの存在だったのに。一年も経たないうちに死なせてしまった。

超がつくほど真面目な望が、冷蔵庫で飼っていたプランクトンが死んだと言って学校を休んだ。聖にとってそれは、大地を揺るがすほどの事件だったらしく、その日のうちに一恒にメールで知らせてしまった。余計なことをするなと声を荒《あら》らげた望の気持ちを、聖が知るはずもない。なんでそんなに怒るんだよと目を瞬かせる聖に、怒りはしゅるしゅると萎《しぼ》んでいった。確かに聖は悪くない。八つ当たりだ。

辛い秋をじっと耐えた年の瀬、一恒から望宛《あ》てに国際宅配便が届いた。服の雪を払うのも忘れて自室に駆け込み、震える手で小さな箱を開けた。出てきたのは、クリオネを象《かたど》ったストラップだった。

《望、誕生日おめでとう。知り合いの工房を借りて作りました》

そう書かれたカードが添えられていた。

クリオネの背中にほんの小さなボタンを見つけ、押してみた。すると頭部が左右に割れて六本の触手がにょきっと飛び出した。指を離すと触手は引っ込む。

——こんな手の込んだものを……。

自分のために作ってくれた。知らない街で、工房を借りてまで。

望は思わずストラップを強く握る。ほろほろと涙が零れた。

一恒に会いたい。声を聞きたい。けど同じくらい強い恐怖があった。

あの時一恒は、すでに渡欧を決めていたのだろうか。それとも突然決まったことなのか。どうして教えてくれなかったのか。なぜ黙って行ってしまったのか。どうしてキスなんかしたのか……。どんなに考えてみても希望の持てる回答は導き出せない。

黙って行ってしまったのは、教えるほどの相手じゃなかったから。

キスは単なる慰めだったから。

多分それが正解。そもそも「してほしい」と望から頼んだキスだ。

【ストラップ、ありがとうございます。大切にします】

遠い街にいる一恒に、初めてメールした。返信はすぐに来た。

【学校休むなよ】

ペットが病気になったら学校を休むと言っていたのは一恒なのに。

望は泣きながら少しだけ笑ってしまう。

【もう休みません】

【勉強がんばれよ。俺もがんばる】

——勉強……か。

遊びにおいでと返ってくるのを、少しだけ期待していた自分を嗤《わら》った。

「受験が終わったら、もう一回水族館に連れてってくれるって、言ったじゃないか。駆けつけサービス無料って、言ったじゃないか……」

——嘘つき。嘘つき。嘘つき。

布団《ふとん》に潜って泣きながら、悪態をついた。

そして、一恒のいない生活に早く慣れるんだと、自分に言い聞かせた。


大学の駐車場で一恒の車を見送り、家に帰ると聖はすでに帰宅していた。

「早かったんだな、聖」

「今日は五限ないから。あー腹減った。晩飯何？」

高校三年間で一段と料理の腕を上げた望に対し、聖は相変わらずおにぎりしか作れない。

「唐揚《からあ》げ。今すぐ作る」

帰りに寄ったスーパーで、鶏《とり》もも肉の特売をやっていた。

「やった。じゃ、オレ風呂洗っとく」

「よろしく」

料理はできないが、洗濯物をたたむことと風呂掃除を覚えたことは、かなり進歩かもしれない。

つけ合わせのサラダを作り、鶏もも肉に下味をつけていると、聖が「そういえばさ」と濡れた手をぶらぶらさせながらキッチンに戻ってきた。

「聖、ちゃんと手を拭けよ。床が濡れるだろ」

「ああ、悪《わ》りぃ」

聖は両手の水分を躊躇《ちゅうちょ》なくジーンズの尻《しり》に染み込ませた。

「望、土曜暇?」

「土曜って、今度の?」

「うん。サークル絡みの合コンがあるんだけど、望も来ないかなーと思って」

この季節、合コンに行かない大学生は大学生にあらずといったところか。

「サークルって、フットサルだろ? おれやったことないしルールも知らない」

「別にフットサルしながら飲むわけじゃないから平気だって。オレが実は双子だって言ったらさ、女子の先輩たちがきゃーきゃーなっちゃってさ、聖くんみたいなイケメンがもうひとりいるなんて奇跡《きせき》だから、絶対に連れてきてって」

「そこの片栗粉《かたくりこ》、封開けて」

下味は生姜《しょうが》を多めにし、まぶすのは小麦粉と片栗粉を半々。望の黄金レシピだ。聖は片栗粉の袋にハサミを入れながら、「なあ、来いよ」と望の隣に立った。

「他の大学の人や社会人も来るから大丈夫だって」

「おれは遠慮する。知ってるだろ、ああいうところ苦手なんだ」

「苦手って――うおっ」

袋の切れ目から、片栗粉がぶはっと大量に噴き出した。

「何してんだよ。あーあーこんなに零してもったいない」

「ごめんごめん。ていうかさあ、もったいないのは望だろ」

作業台の上に飛び散った片栗粉を布巾《ふきん》で拭きながら、聖がため息をつく。

「オレらって、世間的にはかなりイケメンの部類に入れていただけるらしいのに、十八でもう枯《か》れてるなんて」

「冷蔵庫から卵一個取ってきて」

「中学ん時、三組にヒナコちゃんっていたの覚えてるだろ？　目がくりくりしてて髪こんくらいの長さだった」

聖は卵を肩のあたりにあて、腰で冷蔵庫の扉《とびら》を閉めた。

「あの子、望のこと好きだったんだぞ。結構アピールしてたのに、気づいてなかったろ」

「知らない。ていうか、その子を覚えていないから」

うわ感じ悪っ、と聖は顔を顰めた。

「望ってさあ、冷《さ》めてるよな、恋愛に」

「…………」

肯定もしない。否定もしない。

合コンに参加しないのは、恋人が欲しいわけではないからだ。望が欲しいのはただひとり。一恒、その人だけだ。そしてその願いを、聖に知られるわけにはいかない。

聖はどうなのだろう。楽しそうに合コンの話なんかするところをみると、一恒に対する気持ちはすでに過去のものなのだろうか。

――いや、違う。そうじゃない。

クリオネストラップのお礼メールを最後に、大学の二次試験当日までまったく連絡を取ることのなかった自分とは違い、聖はちょくちょく一恒とメールをしていた。去年からはラインも始めた。イケメンだと豪語するわりに、聖が彼女らしき女の子を家に連れてきたことはこの三年間一度もない。

「とにかく今度の土曜なんだ。なんか用事あるの？」

「用事というか……」

その日は、一恒に食事に行こうと誘われている。望は鶏肉を揉《も》む手を止めた。

「週明けまでに提出しなくちゃいけないレポートがあるんだ」

咄嗟《とっさ》についた嘘。胸がちくりと痛んだ。

「え、もうレポートとかあるの」

「専門科目でひとつ、オニに当たっちゃって」

優しい教授はホトケ。厳しい教授はオニ。中学生だった望に修桜大生の隠語《いんご》を教えてくれたのは一恒だった。

「理系は大変だな。同情する」

「だから土曜は無理。ごめん」

「いいよ、レポートあるんじゃ仕方ない」

「せっかく誘ってくれたのに、ホントごめん」

もう一度謝ると、聖は怪訝《けげん》そうに首を傾げた。

「謝るようなことじゃないのに。望ってたまに、怒ったり謝ったりするツボが変だよな」

「そうかな」

とぼけてみたけれど、聖に対して時折ぎくしゃくとした態度を取ってしまうことは自覚している。同じ遺伝子を感じ、誰より信頼している弟なのに、その感情は不意に記憶の湖からぷくんと泡のように浮かんでくる。

一恒への気持ちを自覚した時、正直に言えばよかった。『おれも好きになっちゃったんだ』と。けど言えなかった。言えるはずがなかった。

なぜなら望は、聖に大きな負い目があるから。

生まれた時からアレルギー体質だった聖は、季節の変わり目などには頻繁に風邪をひき、それをきっかけに必ずといっていいほど喘息の発作を起こした。それでも保育園時代は幸い大きな発作を起こすことはなかった。年齢とともに体力がついて丈夫になれば、きっと体質も変わっていくだろう。周囲のそんな期待を粉々にする大発作を起こしたのは、小学一年生の秋のことだった。呼吸困難に陥り救急車で運ばれた聖は、一ヶ月もの長い間入院生活を余儀なくされた。発作の原因を作ったのは、望だった。

児童公園のベンチの下に、仔猫が捨てられているよ。三毛《みけ》の可愛いやつ。

同じクラスの子供たちが、教室の後ろで輪になって話しているの聞いた。望は動物が好きだった。家で飼うことはできないとわかっていたから、余計に見てみたくなった。学校の帰り、ひとりで児童公園に寄った。まだいるかな、もういなくなっちゃったかな。息を切らして駆けつけると、仔猫はまだ段ボール箱の中でみゅうみゅう鳴いていた。

『うわあ、可愛い……』

思わず声が出た。すると仔猫はその声に驚いたのか箱の縁によじ登り、段ボールから脱出してしまった。望は慌てて仔猫に手を伸ばす。

『ごめんね、驚かせて』

両手でそっと抱き上げると、信じられないくらい軽くて、信じられないくらい温かかった。もふもふ。もぞもぞ。みゅうみゅう。小さな手足をばたつかせて必死に暴れる。

望は仔猫を胸に抱き、一瞬だけその温もりに頬を寄せた。

『連れて帰りたいんだけど、家では飼えないいんだ。ごめんね。いい人に拾われてね』

望は未練がましく何度も振り返りながら、家に帰った。

夕食後、家政婦が帰ってから保奈実が帰宅するまでの数時間を、望と聖は毎日ふたりきりで過ごしていた。保奈実の帰宅が遅い日は、待ち切れず先に眠ってしまうこともあったが、いつも聖と一緒だったから、夜の闇も窓を叩く風や雨も怖くはなかった。

その日は珍しく保奈実が早く帰宅できる予定だったので、家政婦は夕食の準備だけをして夕方の早い時間に帰っていった。

聖がいつもと違う咳《せき》をし始めたのは、家政婦が帰って間もなくだった。聖の咳には慣れていたが、その日はどこかおかしかった。咳が止まらないだけでなく、呼吸そのものが苦しそうなのだ。

ひゅーひゅーと喉が鳴っている。望は急いで常備してある気管支拡張薬を持ってきて、聖に吸入させた。ところが咳は収まらず、次第に激しさを増していった。

『聖、大丈夫？』

『望……苦しい……よぉ』

聖の眦《まなじり》から涙が伝った。肩を上下させ、必死に息をしている。顔色が悪い。

窓の外が暗くなり始めている。保奈実に電話をしても、電波が届かないか電源が切られていると、聞き慣れたメッセージが流れるだけだった。ちょうど電車の中なのかもしれない。

『望ぅ……いき、できない……』

げほっと床に、聖が嘔吐《おうと》した。

『聖！』

どうしよう、どうしよう。聖を助けなくちゃ。

落ち着け。落ち着かないと。こんな時は、えっと、えっと——。

『そうだ、救急車』

望はもう一度受話器を取り、一一九番に通報した。

救急車が到着するまでの間、幼い頭で望は考えた。どうしてこんなことになっちゃったんだろう。さっきまで元気いっぱいだった。風邪もひいていないし咳もしていなかった。なのに突然こんな……。

ふと脳裏に、昼間の光景が浮かんだ。

——仔猫。

『あっ……』

望は息を呑んだ。仔猫を抱いた。

学校から帰ってすぐ、いつものように聖と遊んだ。ゲームをして、アニメを観て、それからプロレスごっこをした。

——どうしよう。

聖の発作は自分のせいだ。仔猫を抱いて、その服で聖に触れたから。だから聖は……。

目の前が暗くなった。

ようやく連絡の取れた保奈実が息を切らして帰宅したのは、救急車の到着とほぼ同時だった。その後のことは、ずっと泣いていたのでよく覚えていない。聖は集中治療室に入れられるほどの重症で、望の通報が遅ければ命も危なかったと後で聞かされ、生きた心地がしなかった。

『望が救急車呼んでくれたのね。本当にありがとう』

優しい保奈実の言葉が、望を追いつめた。

『ごめんね、大事な時にお母さん、いつもいなくて』

望は俯き、小さく首を振る。心臓がドキドキと、徒競走の後のように鳴った。

言わなくちゃ、本当のことを。でも……。

『あのね、お母さん、実はね』

『なあに、望』

その時望は生まれて初めて、保奈実の目に光るものを見た。

――ダメだ。言えない。

これ以上お母さんを悲しませられない。お母さんがこんなに愛している、大事な大事な聖を、こんな辛い目に遭《あ》わせてしまったのが自分だなんて。口が裂けても言えないと思った。

その入院を境に、聖の喘息は重症化することが多くなった。一週間後に催《もよお》された初めての運動会にも出られなかった。保奈実は聖につきっ切りだったので、望は同じ町内のタカシくんの家族と一緒にお弁当を食べた。五年生の野外活動に参加できなかったのも喘息のせいだった。聖は新しい靴まで買ってもらって、とても楽しみにしていたのに。

自分のせいだ。あの時自分が仔猫に触ったりしたから。

ごめんなさい聖。ごめんなさい母さん。望は今もずっと、ふたりに謝り続けている。

「そういえばさ」

あの頃とは別人のように丈夫になった聖が、サラダのプチトマトを摘み食いしながら何か思い出したように振り向いた。

「オレ、帰りにカズくんが女の人と歩いてるところ見た」

「……え」

シンクの下から揚げ物用の鍋を取り出そうとして、望は固まった。

「帰りって、さっき？」

「うんそう。なーんか妙に親しげでさあ。あれはきっと彼女だな」

聖はニヤニヤと望を見下ろした。

「事務所関係の人かもしれないじゃないか」

開設準備中のデザイン事務所には、女性の関係者だってたくさんいるはずだ。

「ううん、事務所に若い女の人はいないって言ってたもん。なんかチョー楽しそうな雰囲気だったし。女の人が腕組もうとしてさ、カズくんがやめろよーみたいな感じでさ、でもそんなに嫌そうじゃなかった」

さっき見た、窓辺の光景が脳裏を過った。女性の顔ははっきり見えなかったのに、一恒に向かって笑っていたような気がしてくる。

「もしかするとアレかな、ピンクのマフラーの人」

「えっ……」

「ほら覚えてない？　昔オレ、ひとりで勝手にカズくん家に行ったことあっただろ。そん時玄関にピンクのマフラーがあったって話」

「ああ……そんなこと、あったかもな」

「その彼女なんじゃないのかな。や、多分そうだよ。間違いない」

なぜ決めつけるのか。そしてなぜそんな話を楽しそうにできるのか。

望は鍋を持ったまま、聖の話を呆然と聞いていた。

「三年間離ればなれだった恋人と再会したら、そりゃあ燃えるよね。そういえばあのあたり、近くにホテル街がある。うわ、涼しい顔してやるなあ、カズくん」

「想像で勝手なこと言うなよ」

ドン、と鍋を乱暴に置くと、聖が驚いたように目を剥いた。

「何怒ってんの。カズくん独身なんだから、彼女とホテル行くとか別に普通じゃん」

「だから彼女だとかホテルだとか、全部聖の想像だろ」

「じゃあ確かめてみる？　今からカズくんに電話して」

「やめろよ！」

キッと睨みつけると、聖は気圧《けお》されたように一歩退いた。

「都築さん、事務所開設の準備で忙しいんだ。そんなことで電話したら迷惑だろ」

「怒鳴《どな》るなよ。冗談だってば」

肩を竦めてへらへら笑う聖に、無性に腹が立った。

「いいのか、聖は」

「いいって？」

「都築さんに……彼女がいても」

好きだから独り占めさせてほしいと、聖は望に言った。その気持ちが変わらないから、高校の三年間彼女も作らずにいたんじゃないのか。一恒が帰国すると知って誰より大喜びし、慣れない運転で空港まで迎えに行ったんじゃないのか。

「そりゃま、ちょっと寂しい気もするけど、オレらがどうこう言っても仕方ないんじゃないのかな。カズくん二十七だよ？　あんなに格好いいのに恋人いないない方が不自然だろ」

「それは……」

「まさか望、カズくんが童貞《どうてい》だとか思ってるわけ？」

童貞。突然飛び出した、具体的すぎる表現にぎょっとした。

視線をうろうろさせる望を見て、聖はくくっと笑いを押し殺す。

「前から思ってたけど、望って完璧主義だよな。でもって潔癖症で理想がエベレスト」

「なんだよ、それ」

「彼女の過去とか元カレとか、すげー気になってぐるぐるするタイプ」

「そんなこと……」

女の子とつき合ったことがないからよくわからないが、一恒のことに関して言えば聖の指摘は当たっている。

「あんまり頭でっかちにならない方がいいと思うけど。望、真面目すぎるから」

「どういう意味だよ」

「いろいろ」

「いろいろってなんだよ」

「突っかかるなよ、怖いな」

「突っかかってないだろ」

聖が困ったように眉をハの字にしたところで、風呂場からチャラリンチャラリンと明るいメロディーが聞こえた。

「風呂沸いたね」

「……うん」

「オレ、先に入っていいかな」

「……入れば」

逃げるように去っていく聖の背中を、望はじっと見つめた。

なぜそんなこと言えるのだろう。なぜそんなこと考えられるんだろう。

彼女とかホテルとか童貞とか、笑いながら。

聖は平気なんだろうか。平気じゃない自分がおかしいのだろうか。そもそも聖は、やっと一恒が帰ってきたというのにどうして合コンになんか行くんだろう。

――わけわかんない。

ぼんやりしてしまって、その日の唐揚げはいつもより焦《こ》げ色が強くなった。

「望《のぞむ》くん」

背後から声をかけられ、望はテーブルに落としていた視線を上げた。振り向いて見上げると、自販機の紙コップをふたつ、両手に持った依田《よだ》が立っている。

「憂《うれ》いに満ちた美少年がいるなーと思ったら、望くんだった」

「からかわないでください」

「からかってないよ。邪魔《じゃま》じゃない？」

「もう終わるところだったので」

四月のキャンパスはどこもかしこも学生で溢《あふ》れ返っているが、ランチタイムの過ぎた学食は人もまばらで、広いテーブルは予習にレポートにと使い放題だった。望は目の前に広げた教科書やノートを閉じ、依田に隣の椅子《いす》を勧めた。

依田はコーヒーの入った紙コップをひとつ、望の前に置いた。

「ブラックでよかったよね」

「あ、はい。すみません」

ポケットから財布を取り出したが、依田が受け取ろうとしないので、ありがたくごちそうになることにした。

「次は、四限？」

「のはずだったんですけど休講で」

五限までの時間を仕方なく学食で潰《つぶ》していた。サークル活動や部活動をしていないと、こういう時身の置き場に困る。

「依田さんは？　休憩《きゅうけい》ですか」

「そう。休憩という名のサボり」

優しい面立《おもだ》ちが、笑うと余計に優しくなる。依田には人の心を丸くする不思議なオーラがあると、望はいつも思う。

「休講なら研究室に来ればいいじゃない。空《あ》きコマはみんなミーティングスペースでぐだぐだ暇《ひま》潰してるよ」

正式に配属された暁《あかつき》にはそうするつもりだが、今はまだ部外者の身だ。休講のたびに研究室に入り浸《びた》るのは、けじめがないようで気が引けた。

「ありがとうございます。行くところがない時はそうさせてもらいます……あ、美味《おい》しい。ちょうどコーヒー飲みたかったんです」

にっこり微笑《ほほえ》んでもうひと口啜《すす》ると、依田が目を細めた。

「望くんは、ほんとにいい子だね」

いい子、なのだろうか。望はふと、昨日の聖《ひじり》の言葉を思い出した。

「そんなにいい子ですかね、おれ」

「いい子って言われるの、もしかして嫌？」

「嫌ってわけじゃないんですけど」

真面目《まじめ》ないい子。幼い頃からそう評価されてきた。けれどそのたび望は言いようのない居心地の悪さを感じてきた。褒《ほ》められれば褒められるほど、褒められていないような気がしてしまうのだ。

聖は「無邪気でやんちゃ」と評されることが多い。真面目ないい子だと褒める人はいないけれど、だからといって聖が嫌われているわけではない。望より友達はずっと多いし、周囲から望以上に愛されている。

他の人の目に自分はどう映っているのだろう。この頃感じる聖とのズレは、もしかするとそのまま世間とのズレなのだろうか。

「昨夜、弟に言われたんです。完璧《かんぺき》主義の潔癖症《けっぺきしょう》で理想がエベレストだって」

依田は目を見開き、それから笑い出した。

「弟、聖くんだっけ。確か双子《ふたご》なんだよね」

「はい。でも二卵性だから、いろいろ似ていませんけど」

「そうなの？」

聖はこのキャンパスに足を踏み入れたことがないので、依田とは面識がない。

「見た目はともかく、性格とか考え方とか」

「十八にもなれば、一卵性だっていろいろ違ってくるんじゃないのかな」

「そうなのかもしれませんけど」

もごもごと言葉尻《ことばじり》を濁《にご》す望の横顔を、依田はじっと覗《のぞ》き込み、ふっと笑った。

「けど、ばっかりだね」

「え？」

「嫌ってわけじゃないんですけど、似ていませんけど、そうなのかもしれませんけど」

「あ……」

無意識だった。心のもやもやが「けど」の連発になってしまったのだろうか。

「なんか悩みがありそうだね」

「………」

「都築《つづき》のこと？」

望は手にしていた紙コップを、コトンと置いた。依田には隠しごとはできそうにない。

一恒が渡欧《とおう》した年の冬、クリオネが死んだ。望が落ち込んでいると聖がメールし、ほどなく一恒からクリオネのストラップが送られてきた。

忘れもしない十二月二十三日。望の十六歳の誕生日だった。

依田は目敏《めざと》かった。望の携帯電話にぶら下げられた三センチの銀色に、すぐに気づいた。

『都築の手作りでしょ。そんな手の込んだの作れるの、あいつしかいない』

望は顔を真っ赤にして俯《うつむ》いた。あからさまな反応は依田を驚かせ、そして気づかせた。

『望くん、都築のこと――』

優しい依田は『そうじゃないかと思ってたんだよね』と静かに微笑み、それ以上言葉にすることを自粛《じしゅく》してくれた。以来ずっと、研究室の片隅《かたすみ》で時折ストラップを握《にぎ》り締めたり見つめたりしている望を、温かく見守ってくれている。

「もしかして、駐車場《ちゅうしゃじょう》まで歩く間に都築と喧嘩《けんか》でもした？」

望は首を振る。

喧嘩どころか食事に誘われたと言うと、依田は「ほう」と意外そうな顔をした。

「じゃ、どうしてそんな顔してるのかな」

聞いてみてもいいだろうか。依田にならば聞けるだろうか。

「つ、都築さんは、あの」

やはり言い淀《よど》んでしまう。依田は黙って続く言葉を待ってくれた。

「今、つき合っている、人とか」

人の少ない学食はやけにだだっ広くて、消え入りそうな話し声も、傍《そば》を歩く女子学生に聞こえてしまいそうな気がした。

「都築に恋人がいるかってこと？」

女子学生が通り過ぎるのを待って、依田が小声で尋ねる。望は俯いたまま小さく頷《うなず》いた。

「気持ち、ずっと変わってないんだね、望くん」

望はますます深くうな垂れる。それが答えだった。

「うーん」

コツ、コツ、と紙コップの底をテーブルで二回鳴らした後、依田は静かな声で言った。

「そういうことはやっぱり、本人に聞いてみるしかないんじゃないかな」

当たり前の答えなのに、一瞬落胆《らくたん》してしまった自分を恥《は》じた。何を期待していたのか。

「ですよね。すみません」

「がっかりさせちゃうかもしれないけど、高校から大学の間誰ともつき合わなかったとは言えないね。ほら、あの見た目だから」

「そう……ですよね、やっぱり」

まったくモテなかったと言われたら、それはそれで信じられない。

がっかりを顔に出さないようにがんばってみたけれど、上手くいかない。

「すみません、変なこと聞いて」

「好きな人のことだもん。気になるよね」

「そもそもおれ、男だし」

「あー、それは関係ないんじゃないかな」

えっと顔を上げると、依田は「内緒だよ」というように、唇《くちびる》に人差し指をあてた。

「まあ相手が誰であれ、都築が自分から誰かを好きになって追いかけ回すというパターンは、俺が知る限り一度もなかったかな。冷めてるみたいに聞こえるかもしれないけど、決してそうじゃなくて、あいつの場合、一時の感情だけで相手を束縛《そくばく》することをよしとしないんだね。というか束縛するならそれ相応の覚悟がなければ、みたいな思考になる」

「真面目、なんですね」

「真面目だね。涼《すず》しい顔して暑苦しいくらいクソ真面目。傍目《はため》からはわからないだろうけど。つき合うと決める時も真剣。別れると決める時も真剣だよ」

依田は、十年来の親友を誇らしげに語った。

「さすがにミラノでの暮らしぶりまでは俺も知らないけど、何まさかあいつ、金髪女性でも連れてきた？」

「いえ、そうじゃなくて」

聖が見たという、やけに親しげな女性のことを話した。

「それなら多分、仕事の打ち合わせだよ」

すでに決まっている仕事をいくつか抱えつつ、合間にアルバイトスタッフの面接やら何やらをこなさなければならないからマジでへとへとだと、昨夜一恒が珍しく愚痴《ぐち》めいた電話をよこしたという。

「往来でべたべたされても、相手は大事なクライアントだからね、はっきりと『馴《な》れ馴《な》れしくしないでくれ』とは言えないしって。笑ってたけど、あれはかなり困ってた」

「そうだったんですか。仕事をするって、大変なんですね」

「やりがいだけでは済まない部分があるからね。ストレスも溜《た》まるだろう。聖くんが見たのは、その女性のことだよきっと」

一恒に同情しつつ、どこかホッとした。

研究室の窓辺にいた、あの女性ではなかったらしい。

「ストレス溜まるから、マッパでビールなのかな、都築さん」

ぼそりと呟《つぶや》くと、隣で依田がぐふっと噎《む》せた。

「マッパ？」

「はい。風呂《ふろ》上がりにマッパでビール飲むのがストレス解消だって」

「自分でそう言ったのか、都築が」

望は、二次試験の朝にかかってきた電話のことを話した。

「依田さん、知ってました？」

「や、初耳」

「ですよね。いつもどおりの抑揚《よくよう》のない口調だったから、イメージ湧《わ》かないっていうか」

「望くん相手だと、そういう話もできちゃうのかもしれないね」

それだけ気を許してくれているということだろうか。

「でなきゃあいつなりの戦法、か」

「せんぽう？」

「あー、いや」

なんでもないと、依田は小さく笑った。

「まあ、どうしてもっていうなら、それとなく探りを入れてあげてもいいけど？　お前に恋人がいるかどうか気にしている子がいるぞって」

「いえ、いいです。大丈夫です」

望は依田が苦笑するほど全力で首を横に振った。

「愛って、会えない時間が育てるらしいよ」

「なんですか、それ」

「歌の文句。昔の」

依田は湯気を見つめたまま、ふんふんと歌ってみせた。望の知らないメロディーだった。

「両思いの恋人同士なら、そういうものかもしれませんけど」

「また〝けど〟だ」

依田は笑うが、育つも何も、片思いには核になる〝愛の種〟がない。一恒がミラノで必死に勉強している間に、望の中で大きくなったのは、少なくともあまり前向きな感情ではない。

「寂《さび》しさとか切なさとか恋しさとか、そんなのばっかり育っちゃった気がします」

依田は一瞬、何かを言いかけ、呑み込んだ。

「ごちそうさま」

「依田さん、やっぱりからかってるでしょ」

軽く睨《にら》むと、依田は「違う違う」と空《から》になった紙コップを手に立ち上がった。

「都築は悪いやつだなと思ってさ。帰国早々、望くんにそんな顔させて」

肯定《こうてい》するのも否定するのも、なんだか恥ずかしい。

「役に立てなくてごめんね」

「そんなこと。依田さんに話したらちょっと楽になりました」

「俺でよかったらいつでも呼んで」

じゃあね、と去っていく依田の背中を見送り、望はひとつ長いため息をついた。

依田にならこんなに素直になれるのに。一恒本人に聞くしかないとわかっていても、今の望にとってそれは、スカイツリーのてっぺんからバンジージャンプするくらいの覚悟がなければ難しい。

気づけば五限が始まるまであと十分になっていた。望は立ち上がり、講義棟へ向かう。

掲示板の前を通り過ぎようとした時、ふと小さな張り紙が目に入った。

「夏期短期留学希望者募集。理学部限定……か」

高校入試に失敗し、たくさん泣いて必死にがんばってようやく叶った入学なのに、今ひとつ学業に身が入っていない。

「これじゃダメだよな、おれ」

思い切って応募してみようかなと思った。


週末土曜の午後七時。望は一恒と洋食店の片隅でテーブルを挟んでいた。ここのハンバーグはヤバイらしいという情報を、一恒が仕入れてきたのだ。仕入れ先が依田だということはすぐにわかった。先月駅前にできた洋食屋さん、ハンバーグが評判らしいんですよね、今度入ってみたいな——少し前、依田にそんな話をした記憶がある。

週明け、依田にニヤニヤされるだろうと思うと少し気が重いけれど、自分を喜ばせようとしてくれた一恒の心遣いは素直に嬉《うれ》しかった。

頼んだハンバーグは確かにヤバかった。運ばれてきたプレートの大きさにまずおののき、ナイフを入れた肉の柔らかさとデミグラスソースのコクの深さに驚いた。どうやったらこんなに美味しく作れるんだろうと首を捻《ひね》ると、一恒が真顔で「厨房《ちゅうぼう》行って聞いてきてやろうか」と言うので慌《あわ》てて制した。

慌てる望の様子を飄々《ひょうひょう》と楽しんでいるようにも見えるが、嫌な気分ではなく、ああ都築さんってこんな感じだったたと、時間が三年分巻き戻る感覚はむしろ心地よかった。

「あー美味しかったぁ。ごちそうさまでした」

「デザートは何にする」

「限界超えちゃいました。もう何も入りません」

「なんだ残念だな。二次会は焼き肉食べ放題に行こうと思ってたのに」

一恒はいつものポーカーフェイスで、コーヒーをふたつ注文した。

「ところでクリオネ研究は進んでいるのか」

「はい。ちょっとずつですけど」

望は思いつくままに、最近得たクリオネの補食に関する知識をあれこれ披露《ひろう》した。

「捕食の時、ミジンウキマイマイの殻をバッカルコーンで押さえるんですけど、その内側にフックって呼ばれる鍵《かぎ》みたいなのがあって、ミジンウキマイマイの身体をえぐり出して食べるんです」

この冬、依田が見せてくれた映像で初めて確認することができた。ネットでもテレビでも観たことのない鮮明な捕食動画は、望を大いに感動させた。

「もう百回くらい再生しました。クリオネは餌《えさ》を嗅覚《きゅうかく》で感知しているっていうのが通説なんですけど、依田さんによるとその説は疑わしいんだそうです。実際、餌のエキスを近づける実験でも反応はありませんでした」

「ほう」

「それと、捕食に失敗してもそのままなんですよね。餌を捕らえ損ねたっていうのに全然探そうとしない。それでおれは、クリオネは自分から餌を追っているわけじゃなくて、たまま近くに来たのを捕食しているんじゃないかって推測したんです。そしたら『よく気づいたね』って依田さんが褒めてくれて、ちょっと嬉しかったです」

一恒は時折相づちを打ちながら、望のとりとめもない話を聞いてくれた。

「よかったじゃないか」

「はい。それで依田さんが言うには――」

さっきからひとりでしゃべっていることに気づき、望は口を噤《つぐ》んだ。

「どうした」

「すみません、ひとりでぺらぺらと」

「俺が聞かせてくれと言ったんだ。望の話ならひと晩中でも聞いていたいし、望が毎日楽しそうだと俺も嬉しい」

蕩《とろ》けそうに優しい瞳《ひとみ》が、嘘《うそ》ではないと言っている。

うずうずと込み上げてくる喜びを、顔に出してしまわないように苦労した。

「畑は違うけど、依田が優秀な研究者だということは親友の俺が保証する。何せ〝あの〟変人依田先生の息子《むすこ》だから筋金入りだ」

ゲンゴロウの話を思い出した。望は心の中で依田に謝りながら、クスッと笑った。

「一見優男《やさおとこ》風なのに思いのほか芯《しん》が通っていて頑固だから、ああいう研究には向いてるんだろうな。望ももっといろいろ教えてもらうといい」

「はい」

「俺の知らない間にずいぶん仲がよくなったみたいだし」

「……え？」

一恒の目に依田と自分は、そんなに親しげに映っていたのだろうか。

わずかに曇《くも》った望の表情に、一恒は気づかない。

「俺が言うのもアレだけど、依田は本当にいい男だ。顔に似合わず男気ってのがあるし、人間として信頼できる。望もそう思うだろ」

「……はい」

「お前を依田のところに連れていって、本当によかったと思っている」

依田が信頼のできるいい男であることに異存はない。けれどなぜだろう、一恒が依田を褒めれば褒めるほど、複雑な気持ちになってしまう。

依田と自分が親しくなって、もしもふたりでどこかに出かけたりしても、一恒はきっと「よかったな」と笑うのだろう。相手が依田じゃなくても、きっと反応はさほど違わない。望がいつどこで誰と何をしようと、一恒にとってはそれほどの関心事ではないのだ。なんとも思わないのだ。

なんともってなんだよと、自分で突《つ》っ込んで虚《むな》しくなる。

コーヒーが運ばれてきた。一恒は自分のコーヒーミルクとスティックシュガーを、望に差し出した。なぜ、と一瞬戸惑う。

「望はミルクと砂糖、たっぷり入れる主義なんだよな」

水族館でのことを言っているのだと、気づくまで少しかかった。

ブラックのコーヒーが美味しいと思えるようになったのは、一年くらい前からだろうか。

一恒が知らないのも無理はない。

あらためて一恒の中で自分は未《いま》だにあの頃の、背伸びをしてコーヒーを飲む幼い中学生のままなのだと思い知った。

年の差って、何年経《た》っても縮まらない。当たり前のことに打ちのめされてしまう。ようやく大学生になれたのに、一恒は自分の事務所を構えるという。望が一恒の年齢になる年には、一恒は三十六歳。結婚なんてことも考えるんじゃないだろうか。

「どうした、ぼーっとして」

「え、あ……なんでもないです」

「冷《さ》めるぞ」

促されて望は微笑む。ミルクと砂糖たっぷりのコーヒーは、幼い頃にこっそり舐《な》めた蜂蜜《はちみつ》のように、どこか懐《なつ》かしい味がした。

低いバイブ音が響き、一恒がジーンズの尻ポケットからスマートフォンを取り出した。表示されているのは、カタカナの会社名だった。おそらく仕事の電話なのだろう。

「ちょっとごめん」

一恒は素早く席を立ち、スマホを片手に通路に出ていった。

やはり相当忙しいのだろう。帰国してから、一日もまともに休みを取っていないはずだ。話しながら、一恒がちらりと腕時計を見た。望はそっと目を伏《ふ》せる。

一恒はすぐに戻ってきたが、立ったまま言った。

「望、ごめん。今すぐ戻らなくちゃいけなくなった」

「仕事ですか」

「ああ。悪いな」

「おれは平気ですから。行ってください」

落胆を隠すのは得意だ。世界落胆隠し選手権があったら、百二十パーセント優勝できる自信がある。

「本当にごめん。誘っておいて送りもしないで」

「女子じゃあるまいし過保護ですよ。コーヒー飲んだらひとりで帰ります」

会計を済ませ店を出る一恒を笑顔で送った。

「ひとりで焼き肉、行っちゃおうかな」

空になった向かいの席に、小さく呟いてみた。

家に帰ると、廊下《ろうか》で聖と出くわした。これから合コンに出かけるところだという。

「合コンって、こんな時間からなのか」

「まだ九時前じゃん。OLさんもいるみたいだから、この時間じゃないと集まれないんだ。望、図書館でも行ってたの？」

姿見で服装をチェックしながら、聖が尋ねた。

「図書館？」

「夜《よ》な夜《よ》なレポート書かなくちゃいけないんだろ」

「あ……うん」

そんな言い訳で断ったことを思い出した。

「がんばれよ。お前の分もオレが存分に楽しんできてやるから」

レポートの話を信じて疑わない聖に、胸の奥が小さく痛んだ。

あ～あ～、お～える～、お～える～、と上機嫌に自作の替え歌を歌う聖に望は尋ねた。

「もし年上の美人OLに『この後ふたりで』とか誘われたら、聖どうするつもり？」

姿見を覗き込んだまま、聖は「そうだなあ」と腕組みをする。

「年上美人にお持ち帰りされるのも、一回くらい経験してみたいけど……」

このパンツにこの靴《くつ》って変かなあ、と聖はぶつぶつと首を捻る。

「やっぱ合コンで本命作るって、難しい気がするんだよね」

難しいとわかっていて参加するのかと喉元《のどもと》まで出かかったが、また冷めているとかなんとか言われそうだから黙っていた。

「オレはほら、本命はここにひっそりしまっておきたいタイプだから」

聖は左胸に、手のひらを当ててみせた。

「今のところ合コン系は、誘われたら基本的に断らないけど、本命とちゃんと両思いになれたらもう行かない」

今さっき別れてきた男の顔が、嫌でも浮かんでしまう。

「やっぱこっちのスニーカーにするわ。んじゃな、望。しっかりレポート書けよ」

いってきまーすとドアに手をかけ、聖が「あ」っと振り返った。

「オレさ、来週はカズくんとデートなんだ。映画」

「……えっ」

聞けば聖が前から観たがっていたホラー映画に、一恒が連れていってくれるという。約束したのは帰国の翌々日、つまり望が恋愛映画に誘われて断った二日後のことだ。研究室で会った時も今夜も、一恒はそんなことひと言も言わなかった。

「そんでさ、先月望が買ったブルーのシャツ、あれ貸して」

「え、ああ、いいけど」

「よっしゃ。サンキュ。実はあれいいなーってずっと狙《ねら》ってたんだよね。こういう時体型が同じだと助かるね。んじゃ」

やべ遅れると、聖はバタバタ出ていった。

——なんだよそれ。

ドアが閉まると、ひどい脱力感に襲われた。

望に断られたら、あっさり聖を誘うのだ。しかも苦手な恋愛ものではなくホラー。眠くなることもないはずだ。映画は誰の隣で観るかが重要なのだと言っていた。趣味の合う聖の隣なら、さぞ楽しい時間を過ごすことができるだろう。

断ったのは自分なのに。身勝手《みがって》な苛立《いらだ》ちは収まることを知らない。

今週は合コン、来週は一恒と映画。ころころと切り替えられる聖の思考にもついていけない。一恒が本命だというなら、女性と親しげに歩いている姿を見てなぜ平気でいられるのか。

『カズくん二十七だよ？　あんなに格好いいのに恋人いないない方が不自然だろ』

あっけらかんと聖は笑った。

一恒に恋人がいようがいまいが気にせず、誘われれば合コンにも参加して、年上の美人にお持ち帰りされる可能性も否定しない。束縛することも束縛されることもしない聖の方が、一恒も一緒にいて気楽だろう。楽しいだろう。少なくとも、女性の影にびくびくしてばかりでちっとも素直じゃない自分なんかよりずっと。

立ち尽くしていると、玄関《げんかん》のドアが開いた。

忘れ物を取りに帰ってきた聖かと思ったが、そうではなかった。

「ただいま」

「おかえりなさい。その辺で聖に会わなかった?」

「会ったわ。こんな時間から合コンだって」

保奈実《ほなみ》はパンプスを脱ぐなり肩《かた》を竦《すく》め、真《ま》っ直《す》ぐ自室に向かった。

「母さん、夕ご飯は?」

「すぐにまた出かけなくちゃならないの」

明日の講演のため、これから新幹線で名古屋に向かうという。

「朝に出ても間に合うんだけど、向こうの方が気を利かせてホテルを取ってくれて。明日の夜は会食が入っているから、帰りは明後日《あさって》になるわ」

「わかった」

「大学に寄ってから帰るから、今くらいの時間になると思う」

必要事項を伝えながら、保奈実はてきぱきと出張の準備をする。いつもながらその手際《てぎわ》のよさには感心してしまう。マジックを見学するような感覚で、望は母の動きを見守った。

「聖ったら、学生生活を謳歌《おうか》しすぎね。まだ四月だっていうのに」

愚痴すら早口で、望は苦笑する。

「いいじゃない。体調崩《くず》されるよりずっといいよ」

「それはそうだけど」

不満そうに、けれどどこか穏やかな口調に、息子の健康を喜ぶ母の気持ちが表れていた。

「望は行かないの？」

「どこに」

「合コン」

保奈実がちらりと視線を上げる。望は首を横に振ってみせた。

「向いてないんだ」

「大勢でがやがやするの、望は昔から苦手だったわよね。親戚《しんせき》が集まったりするとすぐに疲れちゃって」

そういえば何度か具合を悪くしたことがある。人に酔《よ》ってしまうのだ。保奈実が自分の幼い頃のことを懐かしそうに話すのが、なんだか不思議だった。

ふと、聞いてみようかと思った。母があまり語りたがらないことについて。

「ねえ母さん」

「んー？」

「おれの名前って、誰がつけたの？」

保奈実が手を止めた。

「……どうしたの、急に」

「別に意味はないよ。ちょっと聞いてみたいと思っただけ」

「お母さんとお父さんと、ふたりで決めたのよ」

望の記憶にある父はいつも笑っていた。正確に言えば、残されているアルバムや数本のビデオテープの中にいる父は、いつも穏やかな笑みを浮かべている。

「父さんってどんな人だった？」

保奈実がほんのわずかに眉《まゆ》を寄せたのがわかった。突然の質問に困惑しているのだろう。

「ごめん。出かける用意忙しいよね」

立ち去ろうとすると、「そうねえ」と保奈実がほんの少し首を傾《かし》げた。

「普通の人だったわ。こうこういう人でしたってひと言で言い表せるような、飛び抜けた個性はなかったんだけど、普通に真面目で、普通に優しくて、普通に楽しい人だった」

貶《けな》しているようでもないが、かといって褒めているようでもない。学生に物理の定理を教える時も、保奈実はきっとこんなふうに淡々としているのだろう。

「趣味とか、あったのかな。スポーツとか」

「スポーツはあんまり。でも、星を見るのは好きだったみたい」

「星？　天体観測？」

「そんな大げさなものじゃないけどね。あなたたちが大人《おとな》になったら天体望遠鏡を買ってやるんだって言っていたわ」

息子が毎日天体望遠鏡ではなく顕微鏡《けんびきょう》を覗いていることを、亡き父が知ったらどんな顔をするだろう。

「そんなことより望、今月の食費、そろそろ足《た》りないでしょ」

そんなこと、か。やはり父の話はあまりしたくないらしい。

「まだ大丈夫だよ。余るくらい」

足りていると言ったのに、保奈実は財布からお札を一枚出した。

「これはお小遣《こづか》い」

「いいよ。いらない」

小遣いは小遣いで、聖と同じ額をもらっている。

「聖と同じってわけにはいかないわ。家のこと、望に任せっきりなんだから」

そう言って保奈実は望の手にお札を握らせた。こうして時々渡される聖の知らない小遣いに、望の心は一瞬ひどく荒《すさ》む。保奈実は気づいていないだろう。気づこうともしない。

もう一度「いらない」と告げようとした時、保奈実の携帯が鳴った。肩に挟んで打ち合わせをしながら、バッグに着替えをつめ込み、風のように保奈実は出ていった。

気まぐれに名前の話なんかしなければよかった。こうなるとわかっていたのに。いい加減学習しろよと自分を罵《ののし》る。そしてこんな形でしか息子と関われない母親を、初めて気の毒だと思った。

風呂から上がると、聖からメールが来ていた。

【飲みすぎたから先輩んとこに泊まる】

短い文章がらしくない。本当にお持ち帰りされたのではないだろうかと思ったら、嫌な気分になった。堂々と飲みすぎとか書くなよなとひとりごちながら【了解】と短く返した。

しん、と音のない音がする。

静寂《せいじゃく》が忍び込んでくる気配がして、望はバスタオルでガシガシ乱暴に髪を拭《ふ》いた。

こんな夜が以前にもあった。三年前、高校に落ちた日の夜だ。

その夜、一恒とキスをした。生まれて初めての、たった一度のキス。

時々、夢だったのではないかと思うことがある。あのキスはなんだったんですかと尋ねた途端、パチンと割れて消えてしまうシャボン玉。

ふわふわと掴《つか》みどころのない記憶が、初恋を終わらせることを拒む。思い出すたび熱に浮かされたような、足元がふらつくような、危うい感覚に陥る。酒を飲んだことはないが、酔うというのはこんな感じなのかもしれない。

喉が渇《かわ》いて冷蔵庫を開ける。オレンジジュースを取ろうとして、ふと保奈実の買い置きの缶《かん》ビールが目に入った。

先輩の家だか美人ＯＬの部屋だか知らないが、聖はまだ飲んでいるのだろうか。未成年の弟が飲酒していますと通報したら、警察は駆けつけるだろうか。

ビールの味は知っている。保育園の頃、サイダーと間違えて舐めてしまったことがある。大人って舌がおかしいのかなと本気で驚いた。そうじゃないならみんな我慢しているに違いない。うえっとなるほど苦い飲み物を、あんなに上手《うま》そうに飲み干すなんて。

望は三百五十㎖のアルミ缶に手を伸ばした。

『望はミルクと砂糖、たっぷり入れる主義なんだよな』

一恒の台詞《せりふ》を反芻《はんすう》しながら、勢いよくプルトップを引いた。

もう中学生じゃない。望は躊躇《ためら》いごと、ぐいっと一気に呷《あお》った。

「う……っ」

味もさることながら、強い炭酸の痛みに顔を顰《しか》めた。勢いのままごくごくと呷る。ぷはーっと声に出してみたら、急に「おれ結構大人じゃん？」という気分になった。

わけのわからない高揚感は、その後すぐにやってきた。そうかやっとわかった。このふわふわ感なんだね、大人が求めているのは。わかるわかる。だってすごーくいい気分。

飲める飲める。飲めるぞ。苦くて不味《まず》いけど飲める。飲みたい。いろんなことがどうでもよくなってくる。おれ、何悩んでたんだっけ。あはは、バカだねアホだね。

望は冷蔵庫からもう一本ビールを取り出し、覚束《おぼつか》ない指でプルタブを引いた。ちょっと缶を振ってしまったのか、泡が溢れそうになる。ひとりで「おっとっと」と泡を吸ったらそれがまた可笑《おか》しくてけらけら笑った。

「あー楽しい」

あー寂しい。

「あー最高」

あー最低。

うるさい木霊《こだま》をかき消すように、ぐびぐびと飲む。

携帯が鳴った。誰だろうこんな時間に。確認するのも面倒で、すぐに通話ボタンを押した。

「はいはーい遠海《とうみ》ですっ。あ、これ携帯だった。あっは」

『……望？』

ありえないテンションに、相手が一瞬たじろぐのがわかった。

「望です。って当たり前でしょおれの携帯なんだから。どちらさまっすか？」

『お前……酒飲んでるのか』

「なんだ都築さんか。なんか用っすか？」

『今どこにいるんだ』

用はなんだとこっちが先に聞いたのに。

質問に質問で返すのはずるいぞと、望はちょっとムッとした。

「家に決まってるでしょ」

『ひとりなのか』

「美人ＯＬにお持ち帰りされたり、名古屋のホテルに泊まったりする予定は、おれにはありまっしぇーん」

『どれだけ飲んだんだ……ったく』

ウケてくれるかと思ったのに、聞こえてきたのは遠慮《えんりょ》の欠片《かけら》もない舌打ちだった。

『今すぐそっちに行く』

「え、なんで」

『なんでもいいから玄関の……いや不用心だな。庭側のサッシの鍵を開けておけ』

「サッシ？　開けるの？　なんで」

『サッシじゃなくて鍵。かーぎ。一か所だけ開けておくんだぞ。それから――』

「うるさいなあ、もう。わかったよ」

ぶちっと通話を切り、望はよろよろと立ち上がり、サッシを全開にした。

「おーぷんっ！」

火照《ほて》った頬《ほお》に、夜風が気持ちいい。

「星が、めっちゃ、きれえら」

見上げた夜空はなぜかぐるぐると回っていて、プラネタリウムのようだった。

一恒が到着した時、望はトイレの床に座り込み、便器に顔を突っ込んでいた。胃はすでに空っぽだったので吐《は》き気《け》は収まっていたが、猛烈《もうれつ》に頭が痛かった。

「まったく、鍵だけ開けるんだぞとあれほど言ったのに。サッシを全開にするやつがいるか」

一恒に肩を預けても歩くことができず、抱きかかえられてベッドに運ばれた。

「あたま……いたい」

「自業自得《じごうじとく》。ほら、飲め」

グラスを口に宛《あて》がわれ、スポーツドリンクを喉に流し込む。

胃酸で焼けた喉がひりひりと痛んだ。

一恒はどこにいたんだろう。何をしていたんだろう。どうして来てくれたのか。そもそもなんで電話をくれたのか。聞きたいことは山ほどあるけれど、箇条書きにまとめるだけの気力はなかった。

「さっきレストランで、別れ際に元気がなかったから、心配になって電話してみたらこれだ」

結構自信はあったのに、世界落胆隠し選手権での優勝は、どうやら難しい。

「十八で、ひとり寂しく酒飲んで、挙げ句便器に顔突っ込んで窒息《ちっそく》なんて死に方したくないだろ」

「警察に……通報しないでください」

必死に告げると、一恒は「まだ酔ってるのか」と尖《とが》ったため息をついた。

「初めてなのか。飲んだの」

布団《ふとん》に口元まで埋《うず》めたまま、望はこくりと頷いた。

「初犯です」

「どうしたんだ。一体」

「飲みたかっただけです」

「何があったか知らないけど、お前らしくないだろ、こんなの」

おれらしいって何。

「どうせおれは完璧主義で潔癖症で、理想がエベレストですよ」

「完璧主義なら二十歳《はたち》になるまで飲むな。潔癖症なら便器に顔突っ込むな」

「聖だって……飲んでる」

「聖は聖。お前はお前だ」

明るい聖のキャラなら許されることも、望には許されない。そんなことはたくさんある。

これからも、きっと一生そんなことばっかりだ。

「映画、行くんですよね、聖と」

「血みどろのホラーな。望も来るか？」

いいえ、と首を振ったら、こめかみの奥がずきんとした。

行かなくてもわかる。苦手なホラーを望は直視できず、見終わったあとの会話についていけない。ただでも気の合う一恒と聖は楽しそうに感想を話し合い、望はそれを黙って聞いているだけ。

「言っておくけど、お前に断られたから聖を誘ったわけじゃないからな」

「別に……どうでもいいです」

「帰国前にメールで約束してたんだ」

「嘘ばっかり」

聖はそう言っていなかった。

「今度の日曜に行こうと決めたのは、帰国してからだけど」

「だからどうでもいいです」

「あのなあ」

一恒は、今夜何度目かの深いため息をついた。

「初めてのお酒は、絡み酒でした」

「ほっといてください」

「面倒臭《めんどうくさ》いやつだな」

優しい声が告げるひどく冷たい台詞に、涙が出そうになる。

「来てくれなんて、言ってません」

「じゃ、帰る」

立ち上がろうとした一恒の腕を、思わず摑んだ。

「帰れなんて、言ってないです」

ベッドサイドの椅子に座り直す一恒の顔は、笑っているようにも怒っているようにも困っているようにも見えた。

「もう眠れ。朝になったら酔いも覚める」

「眠ったら、帰っちゃう？」

「帰るつもりでしょ」

「そういう殺し文句は、しらふの時に聞かせてくれ」

「帰らないよ」

「朝までいてくれる？」

いるよ、と一恒はため息混じりに笑った。

「今日の望は本当に面倒だな」

ぎゅっと目を閉じる。じわりと涙が滲《にじ》んだ。

「ごめ……なさい」

「すごく面倒臭くて、どうしようもなく可愛《かわい》い。めんどくさ可愛い」

意味がわからない。望はすん、と鼻水を啜った。

一恒の手のひらが小刻みに痙攣《けいれん》する望の目蓋《まぶた》を覆《おお》った。

「眠れ。こうしててやるから」

「泣いてないから、おれ」

望はまた鼻を啜る。

「わかってるよ」

大きくて骨張っているのに、温かくて優しい手。大好きな手。大好きな一恒の、手。

眠いのに、眠りたくない。現実と夢の狭間《はざま》を、ゆらゆらと意識は漂《ただよ》う。

「どうしたらいいのか、わかんなくなっちゃったな、もう」

語尾が震える。

「何がわからなくなったんだ」

「……いろいろ」

「いろいろって？」

「いろいろは、いろいろです。ぜんぶ……やり直したい。生まれるところから」

多分誰も悪くない。保奈実も聖も。

大好きな家族で、だからこそ小さなすれ違いが時にひどく堪《こた》える。

「生まれ変わりたいのか」

「……そうかも」

一恒は優しい。優しすぎる。家族でもない友達でもない恋人でもない大学生のために、こうして夜中に駆けつけてくれるのだから。それで満足しなければならないのだと思う。今の自分は十分幸せで、甘えてないものねだりをしているだけ。

もっと幼い子供ならよかった。お母さんのバカ、傍にいてよ、聖とおれとどっちが好きなのと、泣いてわめいて叱《しか》られて、眠ればまた元気になれる。おれだって都築さんが好きなんだと、遠慮なく聖と張り合うこともできる。

もっと大人になればきっと、母の仕事や生き方を心から理解し、認めることもできるだろう。聖と自分は違うのだと、頭ではなく心で納得できるはずだ。

けれど今の、十八歳の望には、そのどちらも難しい。過去に戻ることも駆け足で大人になることも叶《かな》わず、閉塞感《へいそくかん》の檻《おり》に閉じ込められたままだ。十五歳の頃と同じ暗闇《くらやみ》に。

「生まれ変わって、望は何になるんだ」

「……クリオネ」

「クリオネ?」

「クリオネに……なる」

一恒の指の隙間《すきま》から漏《も》れる部屋の灯《あか》りは、流氷の下のクリオネに届くわずかな太陽光だ。

「クリオネになって何をするんだ」

一恒がクスクス笑う。

「捕食する。餌を……おれの、バッカルコーンで」

クリオネは、一生に一度か二度しか食事をしない。次に食べられるのはいつになるかわからないから、それこそ全身全霊《ぜんしんぜんれい》で餌を食らう。彼らの捕食シーンを見た人は、その凶暴性に驚愕《きょうがく》する。六本の触手で捕らえた餌を貪欲《どんよく》に食べ尽くす様子はさながら肉食獣《にくしょくじゅう》のようで、愛らしい見た目からはとても想像できない。

クリオネの補食シーンを初めて見た時、望はぞくっとするほどエロティックだと感じた。ミジンウキマイマイの身体を殻からえぐり出す。欲望のままに全身をうねうねとくねらせる様子は、この世に生きとし生けるものの本能そのものだと思った。セックスってこんな感じなのだろうかと、胸がざわざわした。

「おれも……エロくなる」

瞳を覆っていた一恒の手を摑んだ。一番太い親指を、口に含む。

「おっ……い」

「のみこみ、たい」

赤《あか》ん坊《ぼう》のおしゃぶりのようにちゅうっと吸いながら、爪《つめ》の生え際を舌先でなぞった。

「おい、望」

「くねくねして……エロエロになって……おくまでぜんぶ、のみこむ……」

「お前……」

強烈な眠気の波が、望を攫《さら》う。

「からで……ゆうわく……エロく……」

望が最後に聞いたのは、深い深い一恒のため息だった。

眩《まぶ》しくて目覚めた。電気を消し忘れたのかと思ったが、光の色で朝日だと気づく。薄目で目覚まし時計を確認すると、午前六時を過ぎたところだった。そろそろ起きようと身体《からだ》を起こすと、頭の奥がずきんと鈍く痛んだ。

風邪《かぜ》でもひいただろうか。もう一度横になろうとしてハッとした。

――そうだ、昨夜。

慌てて飛び起き居間に行くと、一恒がソファーに座ってテレビを観ていた。

「おはよう、起きたか」

「おはようございます。えっと」

「大丈夫か？　二日酔いは」

見上げる一恒の目が充血している。シャツもパンツも、昨日と同じものだった。

――泊まってくれたんだ……。

「平気です。あの、昨夜はすみませんでした」

謝りながら、必死に記憶を辿《たど》る。

携帯が鳴って、サッシを開けて、気持ち悪くなって、ベッドに運ばれて――それからずっとクリオネの夢を見ていた気がする。

「おれ、何か変なこと、言ったりしましたか」

「変なことって？」

「あ、いえ……言ってないならいいんです」

「覚えていないのか」

「……すみません」

望はしおしおと俯く。

「今、朝ご飯の支度《したく》を」

気まずくて、そそくさとキッチンに向かおうとすると、「望」と低い声が呼び止めた。

「朝ご飯はいらないから、座れ」

向かい側のソファーを顎《あご》で指され、望は仕方なく従った。着替えた記憶がないのに、自分がちゃんとパジャマを着ていることに、ようやく気づいた。

「誰でも憂《う》さ晴《ば》らししたい時はある。法律云々《うんぬん》と説教する気もない。でもな、ひとりで飲むな」

「……はい」

「今度飲みたくなったら俺を呼べ。つき合ってやるから」

「……はい」

つけっぱなしのテレビから、朝の情報番組が流れている。メインキャスターと数名のコメンテーターが軽妙なやりとりを交わしている。

「それじゃ、俺はこれで」

一恒が立ち上がった。玄関まで送ろうと望も立ち上がる。

とその時、キャスターの男性が発した名前が、ふたりの動きを止めた。

『快適な生活空間を実現するための工業デザインについて。本日も修桜大学工学部教授、遠海保奈実先生にお話を伺います』

一恒と望は、同時にテレビ画面を振り返った。

知的な表情を際立たせるように、顎のラインでシャープに切りそろえられた髪。清潔感のある薄化粧。シンプルで品のいい濃紺《のうこん》のスーツ。派手な言い回しも強い主張もしないが、それでも保奈実には見る人を惹《ひ》きつける何かがある。

『ひとつの例として、この菜箸《さいばし》なんかもそうなんです。端的に言えば二本の棒《ぼう》ですからデザインの入り込む余地はあまりなさそうなんですけど、こうして目的を特化して突きつめていくことで、思ってもみなかった新しいデザインが生まれることがあるんです』

菜箸について笑顔で語る保奈実が、菜箸とはほぼ無縁な暮らしをしているなんて、視聴者は誰ひとりとして考えが及ばないだろう。複雑な思いで見ていると、保奈実があっけらかんと告白した。

『とかいう私は、家で家事はあまりしないんです。忙しすぎて子供たちに任せきりで。本当にダメな母親です。偉《えら》そうなことは言えません』

ふっと笑う瞬間などは、一転無邪気な少女のようになる。このギャップに、学生たちも視聴者も、みな魅了されるのだろう。

「大学にもマスコミにも遠海先生のファンが多いっていうのは、わかるな」

「……らしいですね」

自慢の母。誰もが認める素敵な母さん。望はそんな母親の出る番組を、あまり観ない。

「今日は先生、名古屋で講演なのか」

「はい。聖が外泊したなんて知ったら、腰《こし》抜かすかもしれません」

「お前の飲酒もな」

「おれは――」

込み上げる苦いものを、いつものように呑《の》み下すことができなかったのは、多分アルコールの余韻《よいん》のせいだ。

「心配なんかされませんよ。されなくていいんです」

「どうして」

「丈夫だからです。おれ、こう見えてすごく健康なんです。風邪もあんまりひかないしアレルギーもないし」

「親は、丈夫な子供は心配しないのか」

「そういう意味じゃ」

「じゃあどういう意味だ。お前、前にもそんなこと言ってたよな」

押し黙る望を前に一恒は続けた。

「遠海先生のことも聖のことも、お前は嫌いじゃないはずだ。少なくとも俺にはそう見える。だけどなんか変だ。忙しい母親に代わって中学の頃から家のことを全部こなしている。文句ひとつ言わずにだ。そんなこと誰にでもできるわけじゃない。立派なことなんだから、もっと堂々と胸を張っていればいい。母さんが働けるのはおれのおかげなんだぞって、そういう顔してればいい。聖だってもう昔とは違う。すっかり健康になったんだから、これから家事は分担しようってはっきり言えばいい。でもお前は言わない」

淡々と繰り出される一恒の正論に、望はきつく拳《こぶし》を握るしかなかった。

「言えないんだよな、わかってても」

望の心を読んだように、一恒が言った。

「言えるくらいなら、とっくに言ってる──だろ？」

「………」

「俺にはお前が、自分で自分を縛《しば》っているように見える。遠海先生にも聖にも、本音でぶつかるのを怖がって、遠慮しているように見える。違うか」

違わない。違わないのだけれど。

「何かわけがあるんだよな」

「…………」

「俺にも話せない？」

甘ったるいくらいの、優しい声だった。

三年前、水族館から帰る車の中で家族への複雑な思いを打ち明けた。その時から一恒は気づいていたのだろう。〝聞き分けのよいいい子〟というぶ厚い蓑《みの》の陰に、巧妙に隠した望の本性《ほんしょう》に。本当の自分はここにいるのだと泣いて暴れる、頑是無《がんぜな》いもうひとりの望に。

「聖が……最初に大きな発作《ほっさ》を起こしたのは、小一の時でした。ひどい発作で、救急車も呼んで入院して」

保奈実から聞き及んでいるのだろう。一恒は黙って頷いた。

「その発作が起きたの、おれのせいなんです」

誰にも話さなかった、話せなかったことを、望はとうとう口にした。

うっかり仔猫《こねこ》を抱いてしまったこと。猫の毛のついた服のまま聖と遊んだこと。そしてその事実を、聖にも保奈実にも隠し続けてきたこと――。

「そうか。そんなことがあったのか」

「言わなくちゃ、打ち明けなくちゃと思っているうちに、どんどん時間が経っちゃって」

「気づいたら十年以上も苦しんでいたってわけか」

「最低ですよね。弟が苦しんでいるのに、自分が叱られることを心配していたんだから」

「六歳やそこらの話だろ」

「それでもやっぱり、言わなくちゃいけなかった。でも母さんが、救急車呼んでくれてありがとうって言ってくれて……だからおれ……」

泣いている保奈実をそれ以上悲しませたくないと思ったのは本当だ。あの時は本気でそう思った。ただそれも、今となってはただの言い訳だ。本当のことが言えなかったのは、望が弱くて卑怯《ひきょう》だったから。

「ほんとに、姑息《こそく》な六歳児でした」

唇を嚙《か》みしめて俯く望を、一恒はその腕にふわりと抱いた。

閉じ込めていた記憶が、急速に色彩を帯びる——あの日の涙と、キスの味。

「望はいい子だな」

「今の話、聞いてましたか」

平坦《へいたん》な口調とは裏腹に、鼓膜《こまく》の裏側で鼓動がうるさい。

「聞いてたよ」

「おれはいい子なんかじゃありません。いい子のふりをしてるだけなんです」

「それじゃあ聞くけど、お前が家のことをやるのは、百パーセント贖罪《しょくざい》の念からなのか。それだけなのか」

「それは……」

自責の念は今もあるが、そればかりではない。

「聖の発作の件がなくても、きっとお前は今と同じように遠海先生を助けていただろうと、俺は思う」

一恒の手のひらが、望の背中を優しく叩《たた》く。あやすような叩き方も、淡く胸元に立ち上る匂《にお》いも、三年前とまったく変わらない。一恒のそれだった。

「いい子と言われるのは嫌だろうし、重いかもしれないけど、それでもやっぱりお前はいい子だ」

「違っ――」

「聞きなさい」

ぎゅっと抱き締められ、反論を封じられる。

「六歳のお前は、姑息だったんじゃなくて、ちょっと臆病《おくびょう》だっただけ。いつも周りに遠慮してしまうのは、他人の気持ちを慮《おもんぱか》ろうとするからだ。優しいからだ。気持ちを表に出すのが苦手で、いっつもぐるぐるひとりで悩んで、ほんと、面倒臭いやつ」

「都築さん……」

「望、落花生好きか」

「――は？」

望は呆《ほう》けたように顔を上げた。

「千葉県名産の落花生」

「好き、ですけど」

パジャマのまま抱き締められて、いきなり落花生が好きかと尋ねられたことのある人間は、おそらくこの銀河系で望ただひとりだろう。一恒の脈絡のなさは健在だったようだ。

「俺はピーナツをあまり食べない。出されれば食うけれど、買ってまで食おうという気にはならない。けど落花生は好きだ。時々袋で買ってしまう。なぜだかわかるか」

「……いいえ」

「俺もずっとわからなかった。けれどある時気づいた。殻を剝《む》くのが楽しいんだ。味以前に、面倒臭いから好きだったんだ」

同じ理屈で、卵焼きよりゆで卵、イチゴよりパイナップル、エビよりカニが好きなのだと一恒は言った。ちなみにミニカーや電車のオモチャで遊んだことはなく、買ってもらうのはいつもプラモデルだったという。

「めんどくさフェチなんだな、俺は。面倒臭ければ面倒臭いほど惹きつけられる。そういう意味で言えば、望の面倒臭さは最上級だ。星五つ。毛ガニの足の先っぽと同ランクだ」

リアルに毛ガニの足が浮かんできて、望は泣きそうな顔で笑うしかなかった。

「毛ガニは、めんどくさ美味《うま》い。望は、めんどくさ可愛い」

「なんですか、それ」

「面倒臭いけど可愛いんだ。昨日も言ったけど」

そんなこと、いつ言われただろう。望は二度、三度と目を瞬《しばた》かせる。

「どうせ覚えていないんだろうけど」

まったくお前はと、大きなため息が、優しいげんこつみたいに落ちてきた。

甘やかされて、身体の芯がぐずぐずになる。しっかりしなくちゃと思うのに。

「破天荒な望ってのも、ちょっと見てみたい気もするけど、望は望のままでいい。変わらないでほしい」

「都築さん……」

「ただ、俺とふたりきりの時くらいは、少し楽になれ」

熱を帯びたように潤《うる》んだ瞳が見下ろしている。

一恒の絡みつくような眼差《まなざ》しは、あのキスの夜以来だ。

弟の家庭教師だった人が、ひとりの男に変わる瞬間。そんな気がする。そうだったらいいのにと、願わずにはいられない。

何度も夢に見た。もう一度、もう一度だけと。

一恒が好きで。大好きで。だから。

「望……」

愛《いと》しそうに囁《ささや》きながら、近づいてくる吐息《といき》。

好き。大好きです。言葉が溢れるのが先だろうか、唇が触れるのが先だろうか。

そっと目を閉じる。

何を勘違いしているんだと、どうか笑われませんように。神さま――……。

「ただいまーっ」

突然聞こえてきた声に、望はびくりと身を竦ませ、目を見開いた。

あと数センチのところまで迫《せま》っていた一恒の唇が、すーっと離れていく。

「あれ、カズくんの靴だ――ねえ、望、カズくん来てんの？」

ただいまからの五、六秒で、望と一恒はそれぞれソファーに腰を下ろす。天気予報を報じるテレビ画面に顔を向けると、居間のドアが開いて聖が顔を覗かせた。

「おはようカズくん、どうしたのこんな朝っぱらから。あれ、望、風邪でもひいた？」

パジャマ姿の望と一恒を交互に見やり、聖はきょとんと首を傾げた。

「親の留守《るす》に朝帰りとはいい度胸だな、聖」

「変な言い方しないでよ。母さんいなかったのは偶然だよ」

思いがけず一恒に会えたことが嬉しいのだろう、聖はいつにも増して上機嫌だった。

明日中に依田に渡したいものがあり、望に届けてもらおうと思い今朝寄ってみたのだが、さすがに早すぎて、まだ寝ていたところを起こしてしまった――。一恒の言い訳は、即席とは思えないほどすらすらと淀《よど》みなく、聖は一ミリの疑いも抱かなかった。

望はホッと胸を撫《な》で下ろし、同時にどうしようもない侘《わび》しさを覚える。

昨夜、一恒はここに泊まってくれた。聖が帰ってこなければ、キスしてたはずだ。

——でも。

たられればになった瞬間、自信がなくなる。望、と囁いた一恒の声が幻《まぼろし》になってしまわないように、胸の奥の引き出しにそっとしまい込んだ。


ゴールデンウイーク直前の月曜。キャンパスは相変わらずどこもかしこも混雑していた。夕方になりさすがに学食は空いているだろうと思ったが、活動を本格化させたと思《おぼ》しき様々なサークルがあちらこちらに微妙な感覚で陣取っている。明らかに新入生だとわかる童顔でぽつんと学食の入り口に立つ望に、そちこちから妙に熱い視線が注がれた。

あいつ一年かな。どう見ても一年だよな。勧誘してみるか。ひそひそと飛び交う会話が開いた窓から吹く春風に乗って、望の耳に届いた。スポーツサークルらしき一団からジャージ姿の学生が立ち上がり、こちらに向かってくる。望はさりげなく踵《きびす》を返した。

知らない人と話すのが苦手だ。何を聞かれても上手く返せない。緊張性しどろもどろ病に違いない。どうにかしなくちゃと思うと、余計緊張してしまう。先天性なのだろう。

こんな自己嫌悪の塊《かたまり》でも、一恒は本気で可愛いと思ってくれているのだろうか。

——でも、可愛いと好きは違うし……。

気づけば多様性生物研究室の前に立っていた。

「甘えてもいいかな」

少し悩んで、望は階段を上った。真っ直ぐミーティングスペースに向かうと、パーティションの向こうから弾《はじ》けるような笑い声が聞こえた。

「久々に会ったってのに、そういうこと言うかぁ？　地味に凹《へこ》むわ、俺」

「あら褒めてるのよ、これでも。貫禄《かんろく》が出てきたわねーっていう意味」

「恰幅《かっぷく》がよくなったと言われて喜ぶ二十代がいるかよ。デリカシーなさすぎんだよ、アヤナは」

ひとりは依田と同学年の長谷《はせ》という研究員だ。アヤナと呼ばれたのは、話し方や声の印象からおそらく依田や長谷と同じ年頃の若い女性だ。

「長谷は少し凹んだくらいでちょうどいいよ。うるさいから」

「依田まで、ひでえ」

やはり依田もいた。笑いながら茶々を入れている。

何やら楽しげな雰囲気だ。この雰囲気なら、隅の方にいさせてもらっても迷惑にはならないだろう。そう思って一歩踏み出そうとした時だ。

「長谷クンのウエスト膨張《ぼうちょう》にも驚いたけど、カズにもびっくりだったわ」

——カズ……？

思わぬ名前が飛び出した。望は扉《とびら》とパーティションの狭い隙間で足にブレーキをかけた。

「会ったのか、都築に」

さっきと違う低いトーンで依田が尋ねた。やはり一恒のことだったらしい。

「うん、会った。相変わらずのポーカーフェイスだったけど、なんだかちょっと男らしくなった気がしたわ」

「ポーカーフェイスのへたれチキンじゃなくなってたのか」

長谷はせんべいでも食べているのか、話の途中にバリバリと音がする。

「あの頃はなんていうか、大事なところでガツンと行けない男だったじゃない。こっちはいつでも臨戦態勢だったのに、二年もつき合っててカズの方からデートに誘ってきたの、たったの三回よ？」

女が臨戦態勢とか言うなと、長谷が呆《あき》れる。

「あー、でもわかるな。飄々としてるし顔がアレだから、一見ストレスフルに見えるんだけど、都築って実は人のことよく見てるよな。結構周りに気ぃ遣ってる。あれこれ考えすぎてガツンと行けないんだ」

そうそうなのと、アヤナは長谷の見解に激しく同意した。

「手先は器用なのに、心は不器用なのよね」

どうやら一恒も含め、四人は親しい友人らしい。

「どうして会ったんだ」

楽しげに話すふたりに対し、依田の声だけがどこか沈んでいる。

「え？」

「どうして都築と会ったんだ。この間、ここから駐車場にいるあいつを見かけても、『ふたりで会うつもりはない』って言ってたじゃないか」

アヤナがクスッと笑ったようだ。

「気が変わったの」

「えらく簡単に変わるんだな」

「別れた恋人とは、一生会っちゃダメなの？」

これではっきりした。アヤナは三年前の秋、一恒の部屋から出てきたあの女性だ。

先週、駐車場から見上げた窓に見えたシルエットも。

「そうは言っていない」

「いいでしょ、三年ぶりに帰国した元カレと会うくらい。だいたいカズから連絡してきたのよ」

「都築から？」

「そうよ。昨日朝っぱらから電話があったの。会えないかって。あ、それ以上は詳しく聞かないでね。カズに怒られるから」

依田は黙り込んだ。

「イタリア人と接してカルチャーショックでも受けたんじゃないの。男としての己《おのれ》の半生を顧《かえり》みて、これじゃいかんと思ったのかも。ホテルのロビーでお茶したんだけど、軽くエスコートしてくれちゃったりして、ちょっとドキドキしたわ。どうせならつき合ってる時にしてほしかった」

「都築のやつ、えらく真面目な声で『アヤナの連絡先を教えてくれ』って俺に電話よこしてさ。これは焼けぼっくいに火がついたか？　と思ったね」

うきうきとした長谷の声を、望はもう冷静に聞いていられなかった。

そーっと一歩引いた足の踵《かかと》がドアの角にぶつかり、ゴツンと鈍い音を立ててしまう。

「ん？　誰？」

顔を出したのは、一番ドア側の席にいた長谷だった。

「あれ、望くんじゃない。いらっしゃい」

「こ、こんにちは」

笑顔を作るのが、こんなに苦しいと感じたのは初めてだった。

「どうしたの。そんなところに突っ立ってないで、入りなよ」

「はい……でも」

手招きされ、パーティションの陰から顔を出す。驚いたような依田の顔の隣に、小顔でシヨートカットの女性が座っていた。

「こんにちは」

小首を傾げて微笑むアヤナは、可憐《かれん》な花のように美しくて眩しくて、目眩《めまい》がした。

「望くん、彼女と会うの初めてだよね」

長谷が気を利かせて間を取り持とうとする。

「初めまして。渡井絢奈《わたらいあやな》です——あれっ?」

絢奈がひょいっと椅子から立ち上がった。

「きみ、もしかしてカズが昔、家庭教師してた子じゃない? 工学部の遠海先生の息子さん」

望は「はい」と消え入りそうな声で答えた。正確には聖の家庭教師だったのだが、説明する心の余裕はなかった。

「やっぱりー。なんとなく見たことあると思ったの。私のこと覚えてる? 一度カズの部屋の前で会ってるんだけど」

「覚えて……います」

きらきらした笑顔で、絢奈が近寄ってきた。

「確か当時中三の受験生だったのよね。ってことは、今年は……大学生? もしかしてこの学生?」

「今年理学部に入ったんだ」

依田が代わりに答えてくれた。

「お、じゃあ私たちの後輩ね。よろしくぅー」

一方的に望の手を握り上下に振る絢奈は、どこまでも明るく可愛らしい。

「あの、その節は、失礼しました」

「失礼？　なんかあったたっけ」

自分が突然訪問したために、一恒は絢奈を送れなかった。謝る望に絢奈は「そうだったたっけ。忘れちゃった」と肩を竦めて笑った。

「そんなことより望くん、私ね、遠海先生のこと、すごく尊敬しているの」

「そう、なんですか」

ありがとうございますと、自分が答えていいものだろうか。

「ご主人を早くに亡くされて、女手ひとつで子育てをしながら仕事もバリバリこなして。でも生活感がなくていつも背筋をしゃんと伸ばしている。働く女性の憧《あこが》れというか鏡というか」

絢奈はうっとりと語る。

彼女が保奈実に対して抱くイメージが、そのまま世間のイメージなのだろう。

「すべてにおいて完璧よね。遠海先生は。遠海先生がお母さまだなんて、羨《うらや》ましすぎる」

すべて完璧な人間が、この世に存在すると本気で信じているのだろうか。

ふと顔を上げると、彼女の座っていた席に写真集が開かれているのが見えた。先週の金曜に持ってきたのだが、帰りに雨が降ってきて、濡《ぬ》らしてしまうのが嫌で置いていったのだ。

望の視線に気づいた絢奈が、写真集を手に取る。

「これ、カズがあっちで買ってきたんですってね。なんでまた海洋生物の写真集なんて買ってきたのかしらね」

ぱらぱらとページを捲《めく》る指は細くてきれいだったけれど、内容にさして興味もなかったのだろうすぐにパタンと本を閉じた。

「あの、もういいですか」

勇気を振り絞ったら、声まで絞ったようにしわがれてしまった。

「それ、返してもらってもいいですか」

意図せず感じの悪い不機嫌そうな声になる。

「え？」

返すの意味を解せなかったのか、絢奈はきょとんと瞬きをした。

「それ、望くんのなんだ」

立ち上がった依田が、絢奈の手から写真集を取り上げた。

「え、そうだったの」

「都築が望くんへの土産《みやげ》として買ってきたんだ」

依田はそう言って写真集を望の手に戻してくれた。

「持ち歩くくらいのお気に入りなんだ。金曜の夕方雨が降ったから、濡らさないようにここへ置いていった。そのくらい大事にしているんだよね？」

頷くべきか迷っていると、絢奈が申し訳なさそうに頭を下げた。

「ごめんなさいね、知らなくて」

「いいんです。全然いいんです」

「長谷クンも依田クンも、なんにも言ってくれないから」

「本当にいいんです。返せとか……すみません」

そこに置いてあったから、なんとなく開いてみただけなのだろう。なのに「返せ」と言われたら、気分がよくないに決まっている。

申し訳ない気持ちでいっぱいになるけれど、それでも触れてほしくなかった。

彼女にだけは。

「おれ、帰ります」

「もう帰っちゃうの？　あのね、実は私カズとこの間——」

「失礼します」

「あ、ちょっと、望くん」

写真集を小脇《こわき》に抱え、望はくるりと踵を返した。

小走りに廊下を駆け抜け、階段を一気に下りる。

――最低。

絢奈が何をしたというのだ。あんなににこにこと、握手《あくしゅ》までしてくれたのに。大人げない態度で写真集を奪い返し、挙げ句逃げるみたいに。

後悔《こうかい》が胸に渦巻《うずま》く。苦くて苦しくて、だけどこうするしかなかったじゃないかと、子供じみた自分の行為をどこかで認めたがっている。この間一恒と何を話したというのか。何をしたというのか。聞きたくない。知りたくない。だから背を向けるしかなかった。

自分が嫌いになりそうだった。いや、もうとっくに嫌いなのだ。

聖と保奈実に秘密を抱えた、あの日から。

「望くん！」

テニスコート脇の小道で声に振り向くと、実験着のまま駆けてくる依田が見えた。

「やっと追いついた」

「依田さん……」

どうしてと聞きかけてやめた。あんな不自然な飛び出し方をしたのだから、望の気持ちを知っている依田にすれば、心配して追ってきてくれと言われたようなものだ。

「ちょっと座ろうか」

依田に促され、傍《かたわ》らの芝生《しばふ》に設《しつら》えられたベンチに腰を下ろした。

「都築と絢奈は、二年つき合って別れた。ミラノに行く一年前だから、聖くんの家庭教師を引き受ける、少し前だね」

高校時代からの親友である一恒を、絢奈に引き合わせたのは依田だった。同じ理学部の長谷を含めて四人で遊ぶうち、絢奈と一恒は惹かれ合っていった。美男美女。キャンパスの中でも外でも人目を惹くカップルだったという。

バリバリのリケジョで大学院まで進んだ絢奈だが、元々報道の仕事にも興味があり、そちらの方面にもエントリーシートを出していた。そして誰もが憧れるテレビ局に内定をもらうや、あっさり就職を決めてしまった。念願の番組製作の仕事に就《つ》いたものの、あまりの忙しさに一恒と会う機会は激減し、ほどなくふたりの関係は自然消滅した。

「絢奈との関係が崩《くず》れ始めた頃、俺は都築に、プロポーズしろと言ったんだ。そうじゃないと本当に終わっちまうぞって」

プロポーズ。望は無意識に唇を噛んだ。

「けどあいつはしなかった。別れることを選んだんだ」

「どうしてでしょう」

さあ、と依田は口元に薄い笑みを浮かべる。

「恋人同士が別れる理由なんて、本人同士にしかわからないし、本人同士もよくわからないことだってあるんじゃないのかな。俺にわかるのは、それが都築の出した答えだっていうこと。それからあいつが、一度出した答えを簡単にひっくり返したりしない男だってこと。前にも言ったけど、別れを決める時も真剣だから」

でも、それならなぜ一恒は絢奈に電話をしたのだろう。昨日の朝だと言っていた。望が眠っている間だろうか。それとも家を出てからだろうか。

どちらでも同じだ。ふたりが会ったことより、一恒から彼女に連絡をしたという事実が、望の心をずっしりと重くした。

「この前、絢奈さん、都築さんに会いにきたんじゃないんですか」

「違うよ。会わないのかって聞いたら、絢奈は会うつもりはないと言っていた。あの時はそれが彼女の本音だったと思うよ」

理学部と工学部のキャンパスは道路一本を隔てて隣接している。先週も今日も、絢奈は一恒ではなく保奈実に会うためにキャンパスを訪れたのだという。

このところ保奈実は、あちこちのテレビ局で顔が売れてきている。昨日の朝も、テレビ番組の中で生き生きと語る母の姿を目にしたばかりだ。忙しい保奈実のアポイントを取りたくて、今どの局も必死らしい。修桜大出身ということで上司から特命を受けた絢奈だったが、結局今日もまた出演の依頼を受けてはもらえなかったという。

けど、それならどうして一恒の呼び出しに応じたのか。

一恒から誘われたのが、それほど嬉しかったということなのか。

「それでふらりと寄った研究室で息子の望くんに会うんだから、絢奈も運がいいのか悪いのか。あ、でも彼女が遠海先生を褒めたのは、アポを取りたいっていう下心じゃないよ。学生時代から尊敬してるって言ってたから」

「おれから母に伝えましょうか」

「きみは気を遣わなくていいよ。大人の仕事の話だ。彼女が自分でなんとかするさ」

絢奈が一恒の元カノじゃなかったら、あるいは依田はそれを望に頼んだかもしれない。望の気持ちを知っているから、関わらなくていいと言ってくれたのだ。さりげない優しさがじんわりと胸に沁《し》みた。

パコーン、パコーンと、黄色いボールがネットの上を行き来する。球を打つ瞬間の姿勢が悪いと、先輩に指導されているのは多分望と同じ一年生だ。初心者なのかお世辞にも上手いとは言えないが、はい、はい、と真剣な表情で頷いている。中学の部活動を思い出した。そういえばしばらく卓球のラケットを握っていない。

「望くんたちから見れば、二十七歳ってきっと、すごく大人なんだろうね」

やはり黄色い球を目で追いながら、依田が言った。

「大人ですよ。依田さんも都築さんも」

「うん。大人だ。同級生には子供がいるやつもいる。でもね」

依田はんっと伸びをして空を仰《あお》いだ。まだ夕暮れには少し早い。

「大人だって迷うし、悩むし、怯《おび》える。大人だからこそ臆病になることもある」

中学に上がったばかりの頃だったろうか、母の忘れ物を届けに、この小道を歩いたことがある。すれ違う学生がみな場違いな中学生を振り返った。まるで盛り場にでも迷い込んでしまったように心許《こころもと》なくて、保奈実が迎えに出てくれなかったら泣き出していたかもしれない。

いつの間にか自分が、あの時の学生たちと同じ年頃になっていたことに気づく。

心はちっとも大人になどなれていないのに。

「子供が思うより、不自由なもんだよ、大人なんて」

「少し、わかるような気がします」

依田がようやくこちらを向いた。

「都築は、いろいろなことぐるぐると考えていると思う。絢奈や長谷の言うとおり」

「……はい」

「時々大事なところで逃げ腰になるのもそのせいだ。慎重《しんちょう》になりすぎるんだ」

少し風が出てきた。依田が腕時計を見ながら立ち上がった。

「そろそろ戻るよ。もう大丈夫だね」

「はい。本当にすみませんでした」

望も倣《なら》って立ち上がった。

「あのふたりは四年前にちゃんと別れている。それに、どちらか一方だけが望んだところで、恋は叶わない」

依田の台詞は、絢奈のことのようでもあり、望のことのようでもあった。

「そういえば依田さん、学部時代に留学したって言っていましたよね」

「うん。二年の時、ロンドンに短期で。今年も募集始まったのかな」

「はい」

「申し込むの？」

「迷ってます」

黄色いテニスボールが柵《さく》を越えて飛んできた。依田はそれを思い切り投げ返す。

「この年になって思うよ。同じ後悔でも、やらなければよかったっていう後悔より、やればよかったっていう後悔の方が、ずっと痛い。たとえ失敗するとわかっていても、がむしゃらにぶつかってみたらいいんじゃないかな。と、俺は思うけど」

いろんなことにね、と依田は笑った。


次の日曜の朝、望は珍しく二度寝をした。一度目を覚ましたのだが、聖が身支度を整えながら一恒と電話しているのが聞こえてしまい、もう一度頭から布団を被《かぶ》った。

うつらうつらしていると聖が出かけていく気配がした。自室から出ると依田から電話があった。例のクリオネが出てくる恋愛映画を観にいかないかという誘いだった。折しもゴールデンウイーク初日。窓の外は快晴だ。無理にとは言わないけど気分転換にどうと、依田は言ってくれた。望は少し迷って、何時の回にしましょうかと明るく答えた。

シネコンは予想以上の混雑ぶりだったが、依田とふたり、なんとか並んで席を確保できた。主人公の男子高校生は、難病に冒《おか》され余命いくばくもない恋人のために、彼女の大好きなクリオネを捕獲すべく命がけで流氷の海に潜る。病室でクリオネの入ったペットボトルを胸に抱いて彼女が天に召《め》されるシーンでは、やはり目頭が熱くなった。

「知床《しれとこ》の海、きれいでしたね。おれも一度でいいから、本来の生活空間にいるクリオネを見てみたいなあ」

ホールの出口で係員に紙コップを渡しながら、望の心はまだ映画の中にいた。

「望くんも流氷ダイビングやってみればいいのに」

「でも、ライセンスがいるんですよね」

主人公はライセンスなしで潜り、叱られていた。あれは無謀《むぼう》だったけど、彼女を思う気持ちはすごく伝わってきたよなあと、エスカレーターを下りながら思う。

「そういえば今年は、紋別《もんべつ》の海岸にクリオネを大量に含んだ氷塊《ひょうかい》が押し寄せて、ダイビングしなくても海岸で〝クリオネすくい〟ができたらしいよ」

「本当ですか！　まだ捕れるかなあ。ちょっとマジで行ってみようかな」

本気で調べてみようと考えていると、並んで歩いていた依田が足を止めた。

「どうしたんですか——あ」

望も止まる。真横を歩くふたり連れが、鏡うつしのようにこちらを見ていた。

「望じゃん！」

最初に声を上げたのは聖だった。見覚えのあるブルーのシャツを羽織《はお》っている。

「どうしたんだよ。映画に行くなんて、今朝は言ってなかったのに」

どうしてはこっちの台詞だ。今朝布団の中で、聖の電話に聞き耳を立てていた。聖が一恒と行く予定のシネコンとは、別のシネコンをわざわざ選んだのに。

「俺が誘ったんだよ」

依田が聖に微笑みかけた。聖が「誰？」という顔をしている。

「依田さん、弟の聖です」

「あ、望が通いつめてる研究室の人ですね。カズくんの親友」

聖は「いつも兄がお世話になっています」と殊勝《しゅしょう》に一礼した。

「二卵性かあ。なるほどね。なんだかすごく納得」

依田が感慨《かんがい》深げに頷く。

「納得ですか」

「顔の造りはそっくりだけど、雰囲気がぜんぜん違うって聞いてたから」

依田の視線がちらりと一恒に向けられる。誰からと問う必要はなかった。

一恒は依田を見ようとしない。じっと固まったように望だけを見つめている。その視線が痛くて、望は聖の靴ばかり見ていた。

なんとも言えない雰囲気に、依田はため息をつき「飯食ったのか」と一恒に尋ねた。

「まだだ」

「なら四人で食べよう。そこのファミレスで。どう?」

聖が「いいですね」と破顔し、一恒も「そうだな」と同意したので、望も小さく頷いた。

ゴールデンウイークの店内はさすがに混雑していたが、覚悟したほどは待たされず、四人はランチを終えた。四人がけのボックス席で、望は依田の隣に座った。正面には聖。一恒は聖の隣だ。この位置関係が今の四人の関係そのものに思えた。依田より聖より、一恒は遠い。

今日が初対面の聖と依田が、会話を弾ませていた。聖は通常モードだが、依田は気を遣っているのかもしれない。テーブルを斜めに飛び交う会話のおかげで、望の口数の少なさがいくらか紛れた。

食後の飲み物が運ばれてきた。聖はアイスココア。依田と一恒はアイスコーヒー。ホットコーヒーを頼んだのは望だけだった。

ホットコーヒーのソーサーにはスプーンしかない。テーブルにも、砂糖やミルクの備え付けはなかった。ホットコーヒーを頼んだのが四人のうち誰なのかわからなかったのだろう、店員は一番近くにいた依田に尋ねる。

「お砂糖とミルク、お使いになりますか」

依田は望を振り返り、「望くん、ブラックだよね」と確認した。

「はい」

会話を聞いた店員が、「ごゆっくりどうぞ」と去っていった。

「どうした、都築」

依田の声に、望は顔を上げた。見ると一恒の表情が硬い。

「いや」

「腹でも痛いのか」

「なんでもない」

アイスコーヒーをストローでカラカラ回し、一恒はひとり言のように呟いた。

「望、ブラックなんだな」

「あっ……」

望が表情を凍りつかせる番だった。先週一恒と食事をした時、望はコーヒーに砂糖とミルクをふたつずつ入れ、美味しそうに飲んだ。

『望はミルクと砂糖、たっぷり入れる主義なんだよな』

差し出された一恒の分を、断らなかった。

「そういや望がブラックで飲むようになったのって、ここ一年くらいだよね。カズくんが知らないうちに、オレたち大人の階段一段ぬかしで上ってるんだよ」

トッピングの生クリームをストローですくい「美味しい」と満足げに微笑む聖に、ダメを押している自覚はない。何かを察したのだろう、依田が救いの手を伸ばす。

「誰だって気分で入れたり入れなかったりするよ。望くんだって基本的にブラックだけど、たまには甘いのが飲みたい時もあるだろうし」

ね、と振り向く依田に、頷き返すのが精一杯だった。

「でもこの頃望、家ではずっとブラックだよね。一度ブラックに慣れると、砂糖とミルク入れたコーヒー飲むと口の中が甘ったるくて嫌だって――」

「聖くん！」

「はい？」

「唇に、クリームついてるよ」

「あ、ホントだ。ありがとう依田さん」

依田の指摘に、聖はペーパーで口元を拭《ぬぐ》った。

一恒は笑わない。望も。

「望」

ようやく一恒が口を開いた。その視線は正面の依田を射《い》ている。

「……はい」

「この間も言ったけど、依田はいいやつだろ」

「え？」

横を見ると、依田は眉間《みけん》に深い皺《しわ》を寄せ、一恒の視線を受け止めている。

「頼りになる優しい先輩《せんぱい》に出会えてよかったな」

依田を見据《みす》えたまま、一恒が言う。

「都築さん、あの――」

望が話し出す前に、一恒はすっと立ち上がった。

「聖、悪いけど俺はここで帰るよ」

「え、そうなの？」

「夕方から打ち合わせが入った」

「なんだ。残念」

一恒は「ごめんな」と聖の肩をひとつ叩いた。

「会計はこれで頼む」

一恒が財布から出した一万円札を、依田は受け取らなかった。

「望くんの分は俺が払う。俺が誘ったんだから」

有無を言わさない口調に、一恒は札を財布にしまい、自分と聖の分の料金を置いて「それじゃ」と店を出ていった。

「追いかけなくていいの？」

交差点を早足で渡っていく一恒の背中を目で追いながら、依田が聞く。

望は首を横に振った。

どうしてこうなるんだろう。何もかもすべてが、望まない方向に転がっていく。どこでボタンをかけ違えたのだろう。もしかしたら、出会ったことそのものが間違いだったのかもしれない。機嫌を損ねたというより、深く傷ついたような顔をしていた。あんな悲しそうな一恒を、望は見たことがない。

たかがコーヒーの飲み方ひとつだ。そんなことで簡単にひびが入る。

淡くて細くて弱い。一恒と自分を繋《つな》ぐ糸は、いつ切れてもおかしくない。

依田に車で家まで送ってもらった。聖は後部座席でずっと目を瞑《つぶ》っていたが、眠ったふりをしているだけだと、助手席の望にはわかっていた。

家に着くと望は真っ直ぐ自室に向かい、ベッドの端に座り込んだ。すぐに聖がノックもせずに入ってきた。ひどく不機嫌な顔だった。

「何。疲れてるんだけど」

「言えよな」

顔と同じように、不機嫌な声だった。

「何を」

「望、カズくんが好きなんだろ？」

「…………」

いつかこんな日が来ると思っていた。

帰りの車で眠ったふりをしている聖を見た時、それが今日なのだと悟った。

「なあ、好きなんだろ。正直に言ってくれよ」

否定しないことが答えだった。

「いつから」

「…………」

「いつからだよ」

「……中三」

「カズくんがミラノに行っている間も、ずっと？」

望は頷く。

「そんな、だって望、メールもラインもしてなかった」

「できなかったんだ。好きすぎて」

聖は絶句し、天井《てんじょう》を仰いだ。

「なんで言ってくれなかったんだよ」

「……ごめん」

「ごめんじゃないだろ、もう」

信じらんねえと嘆息《たんそく》され、心臓がきゅんと痛んだ。

「ごめん、聖。本当にごめんな」

「ほんとだよ。なんでもっと早く言ってくれなかったんだ」

「お前の気持ち知ってて……それに約束したのに……でもどうすることもできなかった。気づいたらどんどん好きになってって、だから」

「オレの気持ち？」

聖がきょとんと首を傾げた。

「約束って――」

大きな瞳を零《こぼ》れ落ちそうなほど見開き、聖は「あっ！」と大きな声を上げた。

「ちょっと待て。望、お前、もしかしてすげー勘違いしてないか」

「勘違い？」

「オレもカズくんのことが好きだとか思ってる？」

思っている。だからこんなに苦しい。

「約束ってまさか、カズくんが家に来てすぐの頃にオレが言った『カズくんが好きだから独り占めさせてほしい』っていう、あれのこと？」

ああ、と望は頷いた。聖は両手で顔を覆い、その場にしゃがみ込んだ。

「望、謝るのはオレだわ。ごめん」

おもむろに聖が顔を上げた。

「オレもカズくんのこと好きだよ。今でも好きだ。でもそれって望の言う『好き』とはぜんっぜん違うんだよ」

今度は望が目を見開く番だった。

恋とか愛ではない。多分それは思慕だと聖は言った。

「あの時も言ったと思うけど、オレらってほら、父さんいないじゃん。だから軽くファザコンというか。年上の男の人に構ってもらえるとすごく嬉しかったり、たまに甘えたくなる時あるだろ」

「……うん」

「オレがカズくんカズくんって、犬コロみたいに懐いてるのも、映画に連れてってなんておねだりするのも、全部兄弟ごっこみたいなもん。オレにとってカズくんは、仮想兄貴なんだよ。理想の兄貴。恋愛対象じゃない」

俄《にわか》には信じられず、望は聖を見つめた。

「オレ、恋愛対象は女の子だから」

目も鼻も口も輪郭《りんかく》もそっくりだ。だけどどこか似ていない。

「高校ん時、同級生の女の子に告られた時も、その子とつき合って振られた時も、カズくんにメールで相談してた。オレがカズくんにするメールって、いっつも恋愛相談ばっかだった」

「……マジ？」

マジマジと、聖は何度も頷いた。本命ができたら合コンには行くなよ、遊び半分でも相手は嫌な気持ちになるからなと、空港から家に向かう車の中で一恒に諭《さと》されたのだという。

「望、オレがカズくんのこと好きだと思って、遠慮してメールもラインも拒否ってたとか？」

「それは違う」

渡欧直前のキスを思い出し、頬がかすかに熱を帯びる。

「赤くなるほど好きなんだ」

「……うるさいよ」

「ごめんな。知らないこととはいえ、オレ、かなり鬱陶《うっとう》しかったよな」

「そんなことない」

「望、カズくんにちゃんと自分の気持ち伝えて——」

そこまで言って、聖はふっと笑った。

「——るわけないよな。望だもんな」

「聖、この間ピンクのマフラーの話、しただろ」

「うん」

聖がヒュッと息を呑んだ。

「まさかこの間カズくんと歩いてた女の人、やっぱりピンクのマフラーの彼女……」

望は聖のはやとちりを否定し、一恒とのあれこれをかいつまんで話した。

渡欧直前のキスのことはさすがに言えなかったが、一昨日《おととい》の夜にビールを飲んで酔っ払い、心配した一恒が朝までいてくれたことは正直に話した。

「カズくんが元カノとよりを戻したって、決まったわけじゃないんだろ」

「それは、そうだけど」

会いたいと一恒から連絡したのだ。そしてホテルで会った。

確率はかなり濃厚だと思っている。

「ちゃんと確かめた方がいいよ。勇気いると思うけど。カズくん、望が思ってるよりずっと望のこと気にかけてるよ。あっちにいた頃だって、メールでもラインでも必ず最後に『望は元気か?』って書いてよこしたし。望の二次試験のことすごく気にしてたから、オレが日にち教えた。電話来ただろ?」

驚きに言葉を失った。

偶然を装っていたけれど、一恒はすべて計算していたのだ。マッパだのフルチンだの、試験とはまるで関係のない話題で笑わせてくれたのは、望の緊張を解くためだったのだ。

「それにカズくん、間違いなく嫉妬《しっと》してると思う。依田さんに」

「依田さん？」

どうして依田の名前が出てくるのか。

「望がコーヒーをブラックで飲むこと、依田さんは知ってた。オレも知ってた。でもカズくんだけ知らなくて、ショックだったんじゃないのかな」

「まさか」

ハンバーグレストランで望が本当のことを言わなかったから、怒ったのだ。

「オレにはそう見えたけど。てか、そうとしか見えなかった。俺より依田といる方が望は楽しいんだろ、みたいなメラメラしたものを感じた」

一恒が依田に嫉妬だなんてバカげている。

「ありえない」

お前を依田のところに連れていって、本当によかったと思っている。

一恒はそう言ったのだ。

「そうかな。じゃ、どうして途中で帰っちゃったんだろ。本当はあの後オレ、カズくんに買い物つき合ってもらう予定だったんだけど」

「だから急に打ち合わせが入ったって」

「望たちに会うまでそんなことひと言も言ってなかった。なあ望」

聖は、望の隣にドスンと腰を下ろした。

「依田さんに嫉妬するほどお前に執着《しゅうちゃく》しながら、元カノともよりを戻すなんて、カズくんにそんな器用なことできると思うか」

手先は器用なのに心は不器用。絢奈の言葉が浮かんだ。

「好きすぎてぐるぐるしてるの、望だけじゃないと思う。きっとどうでもいいことでビビッてんじゃないかな。九つも年上なのに、いい大人なのに、中学生をエロい目で見てたなんてそんな自分が許せないとか、どーでもいいことで悩んでる気がする」

「そんなわけ」

「あるよ。絶対」

聖がコツンと肩をぶつけてきた。望も負けずにぶつけ返した。

喧嘩して、仲直りする時はいつもそうしてきた。

ごめんね、コツン。こっちこそごめん、コツン。小さい頃から、ずっと。

「大丈夫だよ。カズくんもきっと、望と同じ気持ちだから」

「ありがとう……聖」

誰に励《はげ》まされるより、聖の励ましは心強かった。

とにかく一度きちんと話そうと思った。一恒が帰国してからずっと、気持ちがこんがらがっていて、何が真実で何が妄想《もうそう》なのかわからなくなってしまっている。

絢奈とは別れたと一恒の口から聞いたのは三年以上前のことだ。ふたりが話しているところは一度きりしか見ていないが、憎み合って罵り合って別れたわけではないのだろう。よりを戻したと考えるのは早計だと、依田も聖も言う。けれど一恒から会いたいと電話をした事実は、望の中で未消化のままじくじくと鈍い痛みを放つ。一恒から真実を聞かない限り、その痛みからは解放されない。

甘えすぎていたと思う。困った時、弱った時、思えばいつも一恒が駆けつけてくれた。悩んでいた中三の夏も、一日ずらされた誕生日も、受験に落ちた日も、そして正体不明に酔ったこの間の夜も。声にならない心の叫びを、一恒だけが聞きつけてくれた。

一恒がいなかったら、今の望はもっと暗い別の道を歩いていたかもしれない。

今度こそ自分の足で歩み寄り、自分の言葉で気持ちを告げよう。

「ずっと好きでした」

舌に乗せただけで震えてしまう言葉。

上手く言えないかもしれない。けど伝えなければならない。

その先に、どんなに辛《つら》い現実が待っていても。

翌日、会いたいとメールをした。一恒からすぐに返信はなかった。ゴールデンウイーク中も忙しくしているのだろう。映画で一日潰してしまったから、埋め合わせに奔走《ほんそう》しているのかもしれない。夜遅くになってようやく返信が来た。

【しばらく会えない。ごめんな】

あまりに簡潔な文章に、デジャビュを覚える。クリオネのストラップを送ってもらったお礼のメールに、一恒の返信は【勉強がんばれよ。俺もがんばる】だった。

突き放された気がした。あの時の望には、それが「さよなら」にしか思えなかった。

けれど今は違う。一恒も揺れているのだ。それがわかるくらいには、大人になれた。

どちらか一方だけが望んでも、恋は叶わないと依田は言った。どれほどの年の差があっても、恋はやっぱりふたりでするものだ。伸ばした手を摑まなければ、永遠に触れ合うことはできない。

次の日の夜、望は内装工事中の一恒のオフィスにやってきた。といっても商業ビルの二階にあるオフィスを直接訪ねることはせず、仕事を終えた一恒が出てくるのを、向かい側のカフェで待つことにしたのだ。

ブラインドの隙間から、あちこちに電話をしたりスタッフに指示を出したりする一恒が見える。片時も手を休めることはなく、カフェの窓辺から見つめる望に気づく様子はまったくなかった。広い背中には疲労が滲んでいる。時折耐えかねたように、首を左右に振った。

深夜まで続くのだろうか。カフェの営業時間が気になり出した頃、オフィスに動きがあった。ひとりふたりとスタッフが帰宅し、最後に残った一恒がオフィスの電気を消した。望はレシートを手に立ち上がる。コーヒー二杯と紅茶一杯で、変な満腹感があった。

最寄《もよ》りの信号を渡ると、ちょうど一恒が出てくるところだった。

逃げるな。逃げちゃだめだ。もう逃げないと自分に言い聞かす。一恒はビルの出入り口の前に立ち、腕時計を確認する。ゆっくりと近づいていく望には、まったく気づかない。

「都築さ――」

少し遠くから声をかけようとした時だ。

「カズ、お待たせ！」

望と逆の方向から飛んできた声に、一恒は振り返る。

小走りに近づいてきた影が外灯に照らされ、その輪郭を浮き上がらせた。

「ごめんね、十分遅刻」

絢奈だった。

「いや、俺も今下りてきたところだから」

「相変わらずわかりやすい思いやりをありがとう」

「嘘じゃないよ」

近づいてくるふたつのシルエット。その距離が縮まり、肩が触れたような気がした。

望は咄嗟《とっさ》に、街路樹の陰に身を寄せた。

「降ってきそうね」

「本当だ。あ、ぽつんと来たな」

「私傘《かさ》持ってきてない」

「俺もだ。急ごう」

耳を塞《ふさ》ぐ間もなく、急ぎ足で遠ざかっていく会話。

さっさと行ってしまえ。戻ってきて。早く消えて。気づいてよ。耳の奥で交互に木霊する叫びは、車道を行き交う車の音と、風になびく街路樹の葉音にかき消された。

逃げないと決めたのに。言葉を交わすこともできなかった。

——何やってんだろう、おれ。

拳を握って顔を上げると、ぬっと現れた人影が外灯を遮った。

「やっぱり望だったのか」

「……都築さん」

「街路樹の陰にチラッと背中が見えた。よく似てると思ったけれど、まさか本当にお前だとは思わなかった」

一恒の後ろには、やはり驚いた表情の絢奈が立っていた。

「どうしたんだ、こんなところで」

「話を——」

言いかけて、一恒の提《さ》げられた紙袋に気づいた。ビルから出てきた時には、確かに手ぶらだった。紙袋にプリントされているのは、一恒が好んで身に着けている服のブランドのロゴ。

——絢奈さんからのプレゼント……。

そういえば、いつもはラフなシャツ姿の一恒が、今夜に限ってスーツ姿だ。仕事帰りのはずの絢奈も、先日研究室で会った時よりずっと華《はな》やかなワンピース姿だ。

鈍い望にもわかった。ふたりはこれから、どこかへ出かけるのだ。

痺《しび》れるほど強く握った拳が、はらりと解《ほど》けた。

望は口元に笑みを浮かべ、小さく首を振る。

——もういい。もう。

「話があったのか？　俺に」

「いえ、なんでもありません」

「なんでもなくて、こんな時間にこんなところに立っていたのか」

「そうです。もし理由があったとしても、都築さんには関係ないことですから」

一恒が眉根を寄せる。

「さよなら、都築さん。もう行ってください」

終わらせよう。何もかも。望はふたりに背を向けた。

「待て。さよならってなんだ」

肩を摑まれた。その力の強さに感情が噴き出す。

「触らないでください！」

一恒の手を、大好きな長い腕を力一杯なぎ払った。

「優しくしないでよ」

涙だけは流すまい。なけなしのプライドを守るために、必死に歯を食いしばった。

「望……」

「これ以上優しくされたらおれ、勘違いするから」

「何を言ってるんだ」

もう一度伸ばされた手を、避けるように一歩後ずさる。

「さようなら。今までいろいろとありがとうございました」

最後はちゃんと目を見て言えた。十分だと思った。

走り出した背中に、自分の名を呼ぶ声が突き刺さる。待てと叫んでいる。

夜の街を、一度も振り返らずに走った。聖ほどじゃないけれど、足はわりと速い。

声は途中まで追ってきたが、ふたつ角を曲がったところで聞こえなくなった。

あてどもなく彷徨《さまよ》い、理学部のキャンパスに着いた。途中から本降りになった雨に下着までぐっしょり濡れていたが、家には帰りたくなかった。

広いキャンパスを、奥へ奥へと向かう。見えてきた研究棟の窓には、ひとつふたつと灯りが見える。熱心なあまり家に帰る時間を惜《お》しみ、研究室で寝起きしている学生もいるのだと以前依田が言っていた。

三階に灯りはなかった。多様性生物研究室の窓も、黒くただ雨の滴《しずく》に打たれているだけだった。廊下の突き当たりに自販機コーナーがあるから、そこで少し休もうと思った。寒さと疲れで痺れる足を引きずり、望は研究棟へ入った。

「望くん？」

声は、薄暗い階段の上から落ちてきた。

ぎょっと見上げると、声の主がバタバタと駆け下りてくるのが見えた。

「どうしたの、ずぶ濡れじゃないか」

「依田さん……どうして」

研究室の灯りは消えていた。

「今日はちょっと遅くなって、今帰るところだったんだ。とりあえず戻ろう」

「でも……」

「いいから、早く」

風邪ひいちゃうだろと早口で告げる依田の声は、少し怒っているようだった。

ミーティングスペースの見慣れた壁紙《かべがみ》やテーブルが、いつもと違って見えるのは夜だからだろうか。白い壁にかかった時計の針が、一恒の前から走り去って三時間以上経ったと教えている。依田が持ってきてくれたバスタオルには『バイオリソース研究室』と書かれていた。

お隣から借りてきてくれたらしい。

「拭いたら着替えて。サイズ大きいと思うけど、濡れたままよりマシだろ」

急にここに泊まることになった時のために、用意してある依田のジャージだという。

「着替え終わったら呼んで。あっちにいるから」

遠慮する隙も与えず、依田は出ていってしまった。

疲れた。ジャージに着替えながら、望は何度もよろめいた。着替えが済んだと伝えると、
温かいお茶を手に依田が入ってきた。

「飲んで」

依田は、ボトルのキャップを開けてくれた。

「……すみません」

「話したくないなら、何も聞かないけど」

望はパイプ椅子に腰かけたまま「すみません」ともう一度小さく呟いた。

雨が激しく窓を叩く。

「参ったな」

雨音に混ぜるように、依田が呟いた。

「見ていられない」

望は濡れたスニーカーからよろりと視線を上げた。焦点が上手く合わない。

「望くんのそんな顔、見ていられない」

依田が背後に回る。椅子の背もたれごと、ふわりと抱き締められた。

「これ以上望くんが悲しそうな顔するの、見たくない」

「依田さん……」

「こんなに傷ついて。それでも都築が好きなんだ」

答えられなかった。心の奥に問いかけてみても、砕け散った感情の欠片が、好きだ嫌いだわからないと、てんでばらばらに主張するだけだ。

「やめちまえよ」

囁きが近づいてくる。

「都築なんかやめて、俺にしなよ。俺なら望くんにそんな顔させない。泣かせたりしない」

「依田……さん」

「絶対に」

抱き締める腕を、振り払えなかった。

依田にそういった感情を抱いたことは、一度もない。けれど今夜、弱り切った望の心に、泣かせないという依田の言葉は傷薬のように沁みていった。

「さよならって……言いました」

「都築に？」

こくりと頷くと、依田は何も言わず、抱き締める腕に力を込めた。

依田はいいやつだと、言ったのは一恒だ。望もそう思う。

このまま依田を受け入れた方がいいのかもしれない。一恒もきっと祝福してくれる。

――そうだよね、都築さん。これでいいんだよね？

答えが欲しいときの癖《くせ》で、ポケットをまさぐったが、いつもそこにあるはずの携帯がない。

依田のジャージに着替えたことを思い出し、視線で携帯を探した。

傍らのソファーに脱ぎ置かれた、濡れたジーンズ。ポケットから半分はみ出した携帯に、ふと違和感を覚えた。

「ない……」

血の気が引いた。

テーブルに手を伸ばそうと身を捩《よじ》ると、依田はすぐに腕を緩めてくれた。手に取った携帯に、やはりそれはついていなかった。

「どうしよう、やっぱりない……落としたんだ」

「落としたって、何を」

依田もすぐに、あるべき場所にクリオネのストラップがないと気づいた。

「ストラップか」

ただのストラップじゃない。一恒にもらった、大事な大事なお守りだ。

困った時、苦しい時、辛い時、一恒の顔を思い出して握り締めた。一恒がくれたたくさんの言葉を思い出して泣いた。緊張した時は背中のボタンを押した。バッカルコーンが飛び出して、あっという間に気持ちが解れた。

昼も夜も、雨の日も風の日も、どこへ行くにも一緒だった。

だから風化して千切れてしまったのかもしれない。ストラップを繋いでいた紐《ひも》が。

——都築さん……。

初めての街に、たったひとりで旅立った一恒。慣れない暮らしに戸惑いもあったろうし、辛いことだってあったはずだ。何より忙しかったはずだ。

それなのに、落ち込んでいる望のために、時間を割《さ》いて作ってくれたストラップ。大切にすると約束した。一恒との思い出そのものだったから。

「探してきます」

望は部屋を飛び出した。

カフェで一恒を待っている時は、まだあった。落としたとすればその後だ。多分、ここまで辿り着く途中のどこかで……。

「待って！」

廊下で依田に捕まった。

「離してくださいっ」

「こんな雨の中、どうやって探すつもりなんだ」

「探します。早く探さないと」

「ちょっと落ち着いて。雨がやむまで待とう」

制止を振り切ろうとする望を、依田は背中から羽交《はが》い締《じ》めにした。

「離っ、してっ！」

「落ち着きなさい。どこから走ってきたの」

「……都築さんの、オフィスの前から」

「三キロ以上あるじゃないか。こんな土砂降りの夜にその格好で、三キロの道を這《は》いつくばって探すつもりなの？　だいたい、どこをどう通ってきたのかちゃんと覚えてる？」

依田の言うことはもっともだが、それでも諦《あきら》められなかった。

今この時にも、クリオネが雨に濡れ、誰かに踏まれているかもしれないと思うと、居ても立ってもいられなかった。雨の中を三キロ這いつくばってでも見つけ出したかった。

「あれがないと、おれ、ダメだから」

「どうして。ただのストラップじゃないか」

「ただのストラップじゃありません！　あれは都築さんが作ってくれた、おれの、おれだけのお守りだから」

「お守りねえ」

依田の声色《こわいろ》が、次第に含みを持つ。

「だって望くん、都築にさよならを言ってきたんだよね。だったら都築が作ってくれたお守りも、そのうちいらなくなるだろ」

「それ、は」

「自分を振った男の作ったもの、ずっと持っているなんて辛いだけだろ。いつかは手放すことになるんだ。さよならって、そういうことだろ？　わかってる？」

「…………」

わかっているつもりだった。

けれどはっきりと言葉にされたことで、自分が何もわかっていなかったことに気づいた。

一恒がいない暮らし。一恒がいない毎日。

三年前の別れは、さよならじゃなかった。いつかきっと帰ってくる、二度と会えないわけじゃないと、どこかで信じていた。けれど今回は違う。

「言ってることが、矛盾《むじゅん》してるよね」

「…………」

もがくのをやめると、依田はその腕を解いた。

「さよならは、さよならなんだよ望くん。さよならしたら、二度と会えないんだ。どんなに寂しくても、辛くても」

雨音だけが響《ひび》く廊下に、望はへなへなとへたり込む。

依田も、その場を動こうとしなかった。

「どうしても探すっていうなら」

どれくらいそうしていただろう、ため息のような声で依田が言った。

「車を出してあげるよ」

「……え」

望はのろのろと顔を上げた。

「探さないと、帰れないんだろ」

「でも……」

「その代わり、車の中からざっと見て回るだけだよ。それでもいい？」

ありがたくて、申し訳なくて、望は涙をこらえて「はい」と頷いた。

「そのまま家まで送ってあげるから、脱いだ自分の服を取ってきて、下の出口で待ってて。俺は駐車場から車回してくるから」

依田の車で、通ってきたはずの道をゆっくり戻った。記憶が曖昧《あいまい》な上に激しい雨で窓を開けることもできず、三センチ足らずの大きさのストラップを見つけることは、ほぼ不可能だった。

こんなことなら携帯ごと落とせばよかった。ストラップだけよりは見つけやすいし、誰かが拾って交番に届けてくれるかもしれない。誰とも話したくなくて望は電源を切った。何件か着信があったようだけれど、開きたくなかった。

一体どこで落としたのだろう。場所を特定できるほどはっきりと思い出すことはできない。落胆は、雨を含んだようにずっしりと重くなっていった。

見つからないかもしれない。道のりを半分過ぎたあたりから、望は少しだけ冷静になっていた。同時に自分がとんでもなくずうずうしいことをしていることに気づいた。

好きだと告白されたのだ。その依田の車で、一恒からもらったストラップを探している。依田の気持ちを考えたら、好意に甘えている場合ではないだろう。

「依田さん、ここで——」

「俺もバカだけれど」

意表を突かれ、望は「降ります」という台詞を呑み込んだ。

「都築は俺以上にバカだな」

車の行き交う往来から路地に入り、依田は車を停めた。

「つける薬もない大バカ野郎で、ぶきっちょのニワトリだ。どうにも救いようがない」

そしてなぜか、エンジンを切る。

一恒ばりに脈絡のない台詞を続ける依田を、望は助手席から呆然《ぼうぜん》と見つめた。

「けど、それでも俺はあいつが好きだ。好きだからこれからもずっと、親友でいるつもりだ」

なぜ今ここでそんなことを言うのか。困惑する望を、依田はようやく振り返る。

「ちょっと喉が渇いたから、飲み物買ってくるね」

「それならおれが……」

言いかけて、自分がサイズの合わないジャージ姿だと気づいた。

「すぐ戻るから待ってて」

すみませんと頷いた望を置いて、依田は車を降りた。

――疲れた。

目蓋が重い。降りしきる雨粒《あまつぶ》の向こうに消えていく依田の背中を見送ると、望は電池が切れたように目を閉じた。


ドアが閉まる音で、望はぱっと目を開いた。

依田が戻ってきたらしい。

「すみません、うつらうつらして――」

望は思わず背もたれから跳ね起きた。そして息を呑む。

「つ、都築さん、どうしてっ」

そこにいることだけで驚きだったが、望をさらに驚かせたのは、都築の変わりようだった。

数時間前、均整の取れたその体躯《たいく》に、見るからに上質なスーツをまとっていた都築が、なぜか泥人形《どろにんぎょう》になっている。ワイシャツもネクタイも、ズボンにまで泥がついている。上着はどこかと思ったら、後部座席に投げ置いた紙袋の中に、無造作に丸めて入れられていた。

泥にまみれた上に、雨に濡れている。

髪も額も頬も、さっきまでの望のようにしとどに濡れていた。

「あの……」

「シートベルトをしろ」

一恒は、挿されたままだったエンジンキーを回し、ふかし気味にアクセルを踏んだ。らしくない乱暴な所作に、望は黙るしかなかった。

「聖に連絡しておけ。心配してたから」

望は慌てて携帯の電源を入れた。着信が三十件もあってぎょっとした。一恒からが二十件、聖からも十件入っていた。すぐに聖に電話をし、一恒と一緒にいるから心配しないでと告げた。聖は詳しい事情を尋ねることなく、「安心した」とだけ言った。

ハンドルを握る一恒を見てハッとした。ワイシャツを捲り上げた腕にわずかだが血が滲んでいる。

「血が」

慌ててハンカチを探そうとして、依田のジャージを借りていたことに気づく。

「大丈夫だ」

「でも」

「大丈夫だから」

話しかけられることを拒んでいるような、硬くて冷たい声だった。

重苦しい空気のまま、車は雨の中を疾走《しっそう》した。


一恒の新しい住処《すみか》は、新築マンションの最上階だった。帰国した日「いくらか広くなった」と言っていたが、いくらかどころではなく、以前住んでいた部屋とは比べものにならないほど広々としていた。

濃いブラウンとシルバーで統一された家具はどれもシンプルで、機能美の追求を仕事にしている一恒らしいセンスのよさが窺《うかが》えた。およそ生活感がないのは、真新しい壁の白とそれを背景に積み上げられた段ボールのせいだ。帰国から半月経つのに、まだ荷解きがされていない。それほど忙しい毎日を送っているのだろう。

家主より先にシャワーを浴びた。後でいいと言ったが聞き入れられなかった。そそくさと髪と身体を洗いシャワールームを出ると、そこに脱ぎ置いたはずの依田のジャージは消えていて、一恒のものと思しきさらにサイズの大きな部屋着が用意されていた。

「依田のジャージとお前の濡れた服は洗濯機に入れた」

入れ違いにシャワーを浴び、一恒が戻ってきた。マッパだったらどうしようとどぎまぎする望の前に現れた一恒は、シンプルな白いシャツにコットンパンツという、至って普通の部屋着姿だった。

「すみません」

「明日までには乾くだろう」

心なしかさっきより声が柔らかい。シャワーを浴びて泥を落としたからだろうか。

ありがとうございますと答えてふと、明日の朝までここにいていいのだろうかと思った。

今夜、一恒は絢奈と待ち合わせ、どこかに出かけるところだったのだ。

「都築さん」

ここにいるべきなのは、自分じゃなく彼女なのではないか。

「絢奈さん、どうしたんですか」

一恒はそれには答えず、静かにカーテンを閉めた。

「先週、依田のところで絢奈と会ったんだってな」

「……はい」

「絢奈が言っていた。お前の様子がおかしかったって。きっと自分と俺の関係を誤解しているんじゃないかって」

「誤解……？」

「絢奈とは四年前に完全に終わっている。よりを戻すつもりもない。三年前に言ったけれど、もう一度断言する」

彼女も同じ気持ちだと、一恒はきっぱりと言った。

今夜絢奈と待ち合わせをしたのは、なんと保奈実に会いにいくためだったという。出演の交渉役として白羽の矢を立てられた絢奈は、何度か保奈実の元を訪れて番組出演を依頼したが、色よい返事をもらえなかった。特集企画のコンセプトが「仕事と家庭の両立」だったため、「自分は両立などできていない」と保奈実は首を縦に振らなかった。

一恒が絢奈に電話をしたのはまったくの別件だったのだが、その電話で絢奈が上司からつつかれ、どうしたものか頭を痛めていることを知った。

「俺が遠海先生に連絡を取った。とりあえずもう一度だけ、絢奈の話を聞いてやってほしいと頼んだ。今夜は駅前のホテルで工学部長の退官パーティーがあったんだけど、その前に少しだけなら時間を取れると遠海先生がおっしゃってくれて」

この界隈《かいわい》では一番ステイタスの高いホテルだ。スーツとワンピースの理由がわかった。ずぶ濡れになってしまった一恒は当然ホテルに行くことはできず、かといって着替える時間もなかった。仕方なく保奈実に謝罪をして、絢奈をひとりで行かせた。

「よりを戻すつもりのない元カノに帰国早々連絡を取ったのは」

一恒はソファーの脇から、さっき携《たずさ》えていた紙袋を取り出した。雨に濡れてぼろぼろになった紙袋から取り出されたのは、一枚の白いＤＶＤだった。

「絢奈に録画を頼んだ」

録画？　なんの録画だろう。

「正確に言えば、絢奈が録画したテレビ番組のコピーをもらった。望に見せたくて」

「おれに？」

一恒は立ち上がり、ＤＶＤをデッキに差し込んだ。再生が始まる。

『そうですね。一歳二歳のお子さんだと、どうしても食事中に気が散ったりしがちなので、こうした可愛いデザインの食器は食事に集中させるのに効果的だと思います。キャラクターの描かれたものですと、飽《あ》きてしまえば使えなくなりますが、シンプルなデザインなら成長してからも十分に使えます。ボーンチャイナなのでとても丈夫ですし』

画面に映し出されたのは、保奈実だった。テーブルの上には、愛らしい格好で丸まる猫を象《かたど》った陶器《とうき》のランチプレートが置かれている。

濃紺のスーツは、先週の日曜日の放送で着ていたものだ。同じ日に収録したのだろう。

「絢奈は、学生の頃からずっと遠海先生に憧れていた。工学部に転部しようかと本気で考えていた時期もあったくらいだ。だから遠海先生の出ている番組は、もれなく録画してあると以前言っていた。これは日曜の朝にやっている『生活の中のデザイン』っていう番組で、今月のゲストは遠海先生だ。先週、一緒に観ただろ」

「どうして、これを、おれに？」

「うん……もうちょっと先だったかな」

一恒はリモコンの早送りボタンを押した。

『遠海先生もふたりのお子さんのお母さんでいらっしゃいますよね』

『ええ。ふたりとも動物は好きでしたが、次男にアレルギーがあったので飼うことはできなかったんですよ』

アレルギーという言葉に、望は身を硬くした。窓辺の一恒をそっと窺うと、テレビ画面をじっと見つめている。黙って観ていろということなのだろう。

『特に長男は生き物が好きでしたから、本当は犬とか猫とか、飼いたかったと思います。でも弟のために文句ひとつ言わずに我慢してくれて……ありがたかったけど、可哀想《かわいそう》なことをしたと思います』

『優しいお子さんなんですね』

『優しすぎて、私が甘えてしまっています。次男が学校帰りに仔猫を抱いて、私がいない時間に発作を起こしたことがあったんです。その時も長男がちゃんと救急車を呼んでくれて。まだ小学校一年生だったのに。あの時の長男の気持ちを考えると、今も胸が痛みます』

あ、話が逸《そ》れましたねと保奈実は笑い、すぐにまたデザインの話題に戻ったが、望は聞き逃さなかった。

――次男が、抱いた？

思わず一恒を見た。今度は一恒も、こちらを見ていた。

「望は遠海先生の出る番組、ほとんど見ないんだよな」

「……はい」

「俺は時々見る。尊敬する恩師だし、何より勉強になるから。この放送回は、実は俺も観ていたんだけど、途中で仕事の電話が入ったりして、半端になってしまった。確か学校帰りに猫を抱いたのは聖自身だと言っていたはずだけど、記憶に自信がなかったんだ」

「それで、絢奈さんにＤＶＤを」

一恒は頷く。

「先週、お前が『聖の発作は自分のせいだ』とずっと自分を責めていること知った。あの時ふとこの日の放送で遠海先生が話していたことを思い出して、家に帰ってすぐ絢奈に電話したんだ。番号もメアドもとっくに消しちまったから連絡先がわからなくて、長谷に聞いたよ」

知らなかった。考えてもみなかった。

一恒が絢奈に連絡したのは、自分のためだったなんて。

「おれ、何も知らなくて……」

「万が一記憶違いだと、お前の傷口に塩を塗ることになるから、ちゃんと確認してから見せようと思ったんだけど、さっき絢奈から『仔猫を抱いたのは間違いなく聖くん自身』と聞いたから、今こうしてお前の前で再生してみせたというわけだ」

一恒は再生を停止し、テーブルにリモコンを置くと望の横に腰かけた。

「聖にも確認した。学校の帰りに公園で仔猫を抱いたって。息を止めて抱いたから大丈夫だと思ったんだとさ。服に毛が付くなんて思わなかったって。お前のせいじゃなかったんだよ、望。もう自分を責めなくていい。苦しまなくていいんだ」

きゅっと肩を抱き寄せられ、視界が滲んだ。

こんなに大切にされて。

「おれ、なんてお礼を言えばいいのか」

「礼なんていらない。依田に怒鳴《どな》られたよ。ニワトリの国に帰れと」

「ニワトリ？」

驚いたことに、さっき車を停車させた場所に一恒を呼び出したのは、依田だった。

「望、留学するって本当か」

「……え？」

『都築、望くんが留学するって話、知ってるか』

依田は開口一番、そう言ったという。一恒にとっては青天《せいてん》の霹靂《へきれき》だった。

『だからというわけじゃないけど、たった今、望くんに告白したよ。留学前に、お互いの気持ちを確かめたいと思ってさ』

『告白って……』

『好きなんだ。望くんのこと』

衝撃に息を呑む一恒に、依田は容赦《ようしゃ》なく続ける。

『この土砂降りの中、傷ついてずぶ濡れになって、ぷるぷる震えてた。たまらなかったよ』

『望は、どこにいるんだ』

『追いかけもしなかったやつに、教えるつもりはない。可哀想に、下着までびっしょり濡れていたから全部脱がせて俺の服を貸した。安心しろ、無理矢理押し倒したりはしないから』

『依田！』

カッとなって怒鳴った一恒に、依田は怒鳴り返した。

『バカ野郎！　だったらどうして泣かせるんだ！　そんなに大事ならなんでいつまでもぐだぐだしてるんだ！　望くんは俺が幸せにするから、お前はとっととニワトリの国に帰れ！』

それはそれはものすごい剣幕だったという。

穏やかなあの依田が声を荒《あら》らげるなんて、望には信じられなかった。

最後に依田は、飲み物を買うと言って車を降りたあの路地に来いと言った。もし今すぐに来なければ、その時は遠慮しないからな。そう言って電話を切ったという。

「情けないことだけど、お前がずぶ濡れになってまで依田を訪ねていったことを、俺はどうしても認めたくなかった」

望は一恒の腕の中で半身を返す。

「依田さんを訪ねていったわけじゃありません。研究室の電気が消えていて、誰もいないなら少し休もうと思って。そしたら依田さん、ちょうど帰るところだったみたいで」

「そうだったのか」

一恒の表情が、少し緩んだ。

「それに留学は、まだはっきり決めていないし、行くとしても夏休みの短期ですから」

「短期？」

「はい。それと依田さんに脱がせてもらったりしていません。陰で、ひとりで着替えました」

「なんだ、そうか……」

そうだったのかともう一度繰り返し、一恒はまるでそこが痛むかのように胸に手をあてた。

そして深い深いため息をつき、深くうな垂れると言った。

「すごく腹が立つよ」

唸《うな》るような声に、望はぎゅっと拳を握った。

それはそうだろう。勝手に誤解して、勝手に逃げ出したのだ。

――ごめんなさい。

謝りたいのに、喉がつまったように苦しくて声が出ない。鼻の奥がツンとした。

「お前にじゃない。自分自身にだ」

「……え」

「俺なりに、これでも精一杯伝えていたつもりだった。けどまったく伝わってなかった。挙げ句大人げない嫉妬で、お前をずぶ濡れにさせて」

「嫉妬……？」

望は目を開け、頭上から意味のわからない台詞を降り注ぐ長身を、のろりと見上げた。

「帰国したその日から、部屋に来いとか映画に行こうとか、かなりあからさまに誘ったのは、そうしようと心に決めて帰ってきたからだ」

一恒は望の頭を、しなやかな筋肉に覆われた厚い胸にそっと抱え込んだ。

シャンプーと石鹸《せっけん》の匂いが鼻腔《びこう》をくすぐる。

「どうして」

「どうして？　お前に来てほしいと思ったからに決まってるだろ。社交辞令だと思ったか」

一恒は反対の手で、濡れたままの髪をくしゃっとかき上げた。

なんと答えればいいのだろう。望は身じろぎもせず、一恒の声を待った。

「ひとつ、聞いてもいいいか」

「……はい」

「いや、やっぱり俺が先に言おう。望」

「……はい」

「好きだ」

低く掠《かす》れた声だった。

聞き間違えたのだろうか。望の脳は、俄に混乱を起こす。

「聞こえなかったか」

一恒は床に視線を落としたまま、横目でこちらを窺っている。

「き、聞こえています」

「お前は、どうなんだ」

「どうって……」

「望の気持ちを、聞かせてほしい」

——おれの、気持ち……。

そんなの、三年前から決まっている。

一恒が好きで好きで、大好きで、でも相手にされていないと思っていた。ずっと。

気持ちを聞かせてほしいなんて言われる日が来ることを、想像すらできなかった。

それほどに片思いは、望の心の隅々《すみずみ》まで染みついていた。

「優しくされたら期待するって、さっき言ったよな。何を期待するんだ」

「それは……」

言ってしまえ、好きだと。

けれど頑《かたく》ななまでに「傷つきたくない」と叫ぶもうひとりの自分がいる。

答えられずにいると、一恒は望の頭を抱いていた腕を解き、コットンパンツのポケットから何かを取り出した。

「手、出して」

「……え」

「いいから、出して」

おずおずと差し出した手のひらに、一恒は小さな銀色を落とした。

「あっ……」

驚きに、声が出なかった。

なくしてしまったと思っていたクリオネのストラップが、手のひらの真ん中にあった。

「どうして……だって、これ、落として、だからおれ」

望はストラップと一恒を交互に見やる。

「走っていくお前のポケットから、ストラップが飛び出した。ふたつ目の角を曲がったところだ。側溝の近くに落ちたのが見えたから、俺はお前を追うのをやめた。雨がひどくなっていたし、もし側溝の穴に落ちたら流されて二度と見つからない」

落ちたと思われるあたりをくまなく探したが、ストラップは見つからなかった。一恒は近所の商店から用具を借り、側溝の蓋を持ち上げた。かき出した泥の中からようやく発見した

という。

「おれのために……」

だから泥だらけだったのだ。腕に擦《す》り傷《きず》まで作って。

返ってきたストラップを、胸にあてて抱き締めた。

「ごめんなさい……おれ……」

「お前のお守りだったんだよな。三年間肌身《はだみ》離さず、大事に持っていてくれたんだよな」

頷く望の頭を、大きな手のひらがわしわしと撫でる。

思えばあの夏の日、この温かい手のひらが、望に教えたのだ。

恋する幸せと、切なさを。

ほろほろと零れた涙は頬を伝い、握った拳の上に落ちた。

「好きっ、です。大好きっ」

しゃくり上げながら、ようやく伝えた。

三年半も温めてきた思いなのに、横隔膜《おうかくまく》の痙攣《けいれん》で滑稽《こっけい》に弾む。

「都築さんが、好き。ずっと。気づいていたと、思うけど」

「うん。知ってた」

「なら、どうしてもっと早く――」

詰《なじ》る言葉は、甘い唇に封じられた。

「んっ……」

一恒の背中におずおずと手を回す。二度と離さないでと願いながら、筋肉に覆われた体軀を抱き締めると、すぐにその倍の力で抱き返された。

「ふっ……ん」

キスは二度目だ。なのにどうしてだろう、一度目よりドキドキする。

望はこの唇しか知らない。一恒のキスしか知らない。他を知りたいとも思わない。

ちゅっ、くちゅっ、と湿《しめ》った音を響かせながらソファーに倒された。

少し、息が苦しい。

「……んっ、んっ」

「望」

至近距離で見下ろす一恒が、困ったように眦《まなじり》を下げる。

「……はい」

「息をしないと窒息するぞ」

鼻で呼吸するんだと教えられた。

大学生にもなってそんなことを教えられる自分が壮絶《そうぜつ》に情けなくなった。それなのに。

「可愛いよ」

「……え」

「望の、こういう慣れてないところ」

暗にキスが下手《へた》だと揶揄《やゆ》されても、反論できないことが悔《くや》しかった。

「どうせおれは都築さんしか知りませんよ」

「ますます可愛い」

「か、からかうなら、もう」

キスしないと、真っ赤になってもがく望を、一恒はまたぎゅっと抱き締めた。

「望、聞いてもいい？　お前、ひとりでどうしてた？」

「どうって……？」

「これ」

依田のジャージよりさらにサイズの大きなハーフパンツの上から、さわりとそこを撫で上げられ、望はひっと身を竦めた。

目で確かめてはいないけれどわかる。そこはもう、芯を持ち始めている。

「たまには自分でしてたんだろ？」

「それは……」

「エッチなビデオとか、見たり？」

望はふるっと首を振った。ビデオなど必要はなかった。あの日のキスを思い出し、その先のあれこれを想像するだけで、いつだって昇りつめることができた。

「どんなこと考えて、してた？」

「やっ……あ」

耳朶《じだ》を甘嚙みされ、全身の産毛《うぶげ》がざわりとした。

「なんで、そんなこと、聞くんですか」

「知りたいから。望のことはなんでも。俺のいない間に望がどうやって処理してたのか、どうしても知りたい」

かなり変態ちっくなことを、抑揚《よくよう》のない口調でさらりと言ってのける。その舌は望の柔らかな耳朶を遊ぶようにちろちろと舐め、反応を楽しんでいる。

「知りたいな」

耳の穴に、吐息が吹き込まれる。

いけないスイッチが押されたみたいに、下腹部がずんと重くなった。

「ああっ……やぁ……」

「ね、教えて」

「つ、都築さんと、前にっ……あ、ん」

「俺と？」

言いたくないのに。秘密にしたかったのに。

「キス、したこと……あっ……思い出してっ」

うんそれで、と相づちを打ちながら、一恒は耳の穴に舌先を挿し込む。

「あぁ……やめっ、それっ」

「あの時の望は、本当に可愛いかった。キスだけで勃《た》っちゃったの、必死に隠して」

「き、気づいてたんですかっ」

気づくも何もと、一恒が笑う。

「丸わかりでしょ。ほんとあれは、俺の方がヤバかった」

「ひどい……」

かあっと全身が熱くなる。羞恥《しゅうち》に涙が滲んだ。

「キスのこと思い出して、それから？」

これ以上、何を言わせるつもりなのだろう。

「その、先のことも、いろいろ」

「いろいろ？」

「想像、して……ああ、そこ……だめぇ」

耳元で意地の悪い質問を繰り出しながら、一恒の手はいつの間にかTシャツをかいくぐり、望の薄い腹筋や、胸の突起をイタズラする。

「触られるの、嫌？」

凝《しこ》ってきた胸の蕾《つぼみ》を摘《つま》みながら尋ねるのだから、大概《たいがい》たちが悪い。

「やっ、ぁ……ん」

嫌だと訴えながら、胸の奥でもっともっととねだっている自分は、もっとたちが悪い。

「嫌？」

望が小さく首を振ると、一恒は満足げに微笑んだ。

わかっているくせに。

「ここ触られることも、想像した？」

大きな手のひらが、下腹を這うように蠢《うごめ》き、淡い叢《くさむら》の中で勃ち上がっている熱を包み込む。

ゆるゆると扱《しご》かれ、意図せず腰が揺れる。

あまりの恥ずかしさに横を向くと、顎を摑まれ、正面を向かされた。

「気持ちいい？」

不意に声が低くなった。その声に、望は信じられないほど感じてしまう。

――暴かれる。すべて一恒の手で。

本能が悟った。

「気持ち、いいです……すごく」

想像の中と同じように、いやそれ以上に、一恒の手は望の劣情《れつじょう》を煽《あお》った。

「都築さんに、握ってもらうとこ、想像しました……あっ……ん」

「他には？」

「扱かれて……さ、先っぽとかもいっぱい、くりくりって、触られて……」

「こう？」

先走りで濡れそぼった先端を、指の腹でぬらりと擦《こす》られ、望は思わず高い声を上げた。

「ひっ！　あぁ、やめっ」

「ああ、べとべとだ。先っぽ、気持ちいいんだね」

こくんと頷くと、眦を涙がひと筋伝った。

「可愛いよ、望。すごく可愛い」

脱ごうか、と一恒はやや性急な手つきで、望を生まれたままの姿にした。

「足、閉じないで」

「やっ……」

「全部見せて。望の感じてるところ」

ソファーに座った格好で膝《ひざ》を立て、足を開かされる。

欲しくてたまらないと訴える中心は、溢れ出した体液で根元までべっとり濡れていた。

一恒の甘い視線が絡みつく。まるで愛撫《あいぶ》のように。

「ほんと……可愛いな、望は」

「嫌いに、ならないで」

「ん？　俺は可愛いって言ったんだぞ」

一恒が目元を緩める。

「だって、おれ、すごくエッチだから」

欲望を晒《さら》されて、身もだえするほど恥ずかしい。

なのに感じすぎて、頭はすでにぼうっとしている。

「都築さんにいろんなとこ、触られたり、舐められたり、いやらしいことされるの、いつも、毎晩……想像して」

望の独白を、一恒は息をつめたように聞いていた。

「都築さんに擦られてるんだって考えると、ここ、すぐにじんじんして、感じちゃって、我慢できなくて、いつも」

あっという間に達してしまった。果てる瞬間は、決まって一恒の名を呼んだ。

してほしかった。いっぱい触ってほしかった。

「だから、今、夢みたいです」

「望……」

一恒の手が止まった。少ししてはああ、と長いため息が落ちてくる。

「予想外というか想定外というか。嬉しい誤算だ」

「都築さん……あっ、何する、やっ、やめ……っ」

気づくと一恒の髪が、自分の腹のあたりにあった。一恒の意図に気づき、望はさすがに慌てふためく。

「やだ、そんなこと、しないでっ」

卑猥《ひわい》に濡れたピンク色の先端が、一恒の口内に含まれていくのが見えた。

「都築さっ、あっ……あぁぁ……」

逃げ出そうとしても、長い片腕で腰を抱きかかえられ自由を奪われる。

そんなことされたら、いくらも持たない。わかっているはずなのに、一恒はそのきつく閉じた唇で、望の幹を扱く。

「やっ、めて……よぉ」

涙声で訴えても、一恒は動きを止めようとしない。

裏側の敏感な筋にぬらぬらと舌が這い回り、望は思わず細い足でソファーの縁を蹴《け》った。

「あっ、だ、めぇっ」

「いっぱい出てくる」

口淫《こういん》の合間に、一恒が湿った声で囁く。

強すぎる羞恥から、心は行為を拒絶する。裏腹に、身体は呆れるほど正直だ。

「何も考えずに感じて、望」

「だって、だって……いっ、あっ」

内股《うちもも》や尻をさわさわと撫でながら、一恒は望の先端を喉奥まで含んだ。

そして引き抜くように刺激すると、先端の割れ目を舌先でちろちろ舐め回した。

「ああっ、あっ、そこはっ」

一番ダメなところ。

「ここがいいんだ」

一恒は、割れ目を広げるように舌先を押し込んだ。

「あああっ、やっ、あっ！」

目蓋が白《しら》む。ガクンと身体が仰《の》け反《ぞ》った。

びくびくと全身を戦慄《わなな》かせ、望は激しく達した。

吐精は怖いくらい長く続いた。どれほどリアルに想像しようとしても、しょせん自慰《じい》は自慰だったのだと思い知らされる。一恒の手で施されているという現実が、望にこれまで味わったことのない、脳を突き抜けるような快感を与えた。

遠のきかけた意識がゆるゆると戻ってくると、とんでもない光景が目に入った。

「わっ、す、すみません！　どうしよう」

自分の放ったものが、一恒の頬を汚していたのだ。射精の余韻が一気に冷める。

「めちゃくちゃ可愛かった」

一恒は平然と頬の汚れを指に絡め、ぺろりと舐めてみせた。

「や、やめてください！」

望は飛び起きて、傍らのティッシュを何枚も引き抜いた。

「ごめんなさい」

べそをかきながら一恒の頬を拭っていると、手首を摑まれて抱き寄せられ、そのまま目蓋にキスをされた。

「なんでだろうな。泣かせたくなんかないのに、望がべそかくと、ぞくぞくする」

「何言って……あっ、んっ……」

目蓋から頰を伝い、キスは唇に落ちる。

一糸まとわぬ望を抱き締める一恒は、シャツの襟元《えりもと》すら乱さずにいる。

もしかしたら一恒は、平気なのだろうか。ぞくぞくするとか言いながら、望のイクところを見ても、何も感じていないのではないだろうか。

過《よぎ》った不安はしかし、すぐに消え去った。のしかかってくる重みの中に、熱を持った硬いものを感じたから。

「都築さん」

「ん」

「ベッドに連れてって」

勇気を出して告げると、一恒の表情が曇った。

「泣かせたくないって言っただろ」

「泣きません」

「望、お前どこまでわかって言ってるんだ」

「全部、ちゃんとわかっています」

その気になれば、ネット上にはいくらでも情報が転がっている。

「お前がぼんやり想像するのとは、おそらくかなり違う」

「どう違うんですか」

「とにかく今日のところは――」

「嫌です」

身体を離そうとした一恒の手首を握り、思い切り引いた。

「おっ、と」

バランスを崩した一恒の身体に、望は渾身《こんしん》の力で縋《すが》りつく。

「身体が辛いのなんて平気です。ファーストキスのあと、ひと言の連絡もなく突然いなくなられて、おれがどんなに悲しかったか、都築さんは知らないんだ」

ひとりの部屋で枕に顔を埋め、声を殺して泣いた。

恋しくて。寂しくて。

「わかってるよ」

「わかっていません。おれが辛いのは、都築さんと離れることだけなんだ」

「望……」

「どんなに痛くたって、裂けて血が出たって、泣いたりしません。だから最後までしたい。都築さんと繋がりたい」

「……………」

数秒の間が、永遠のように感じられた。

望の上で一恒はゆっくりと天井を仰ぎ、やがてハッと短いため息をついた。

「参るよ。お前には」

「それじゃ」

「ただし、怪我させたり流血させたり、そんなことは絶対にしない。気持ちよくて死んじゃうかもしれないから、覚悟しとけ」

「え、あ、うわっ」

ひょいと抱え上げられ、ベッドルームに運ばれた。

お姫様だっこというのが、こんなに恥ずかしいものだとは知らなかった。

潤滑剤《じゅんかつざい》を取りにいった一恒が、ボクサーショーツ一枚になって戻ってきた。

マッパでビールを呷る一恒はどんなに格好いいのだろうと、いつもうっとりと思い描いていたけれど、実際にその素肌を目にするのは今夜が初めてだった。

いくらか着やせするタイプなのだろう。その裸体《らたい》は想像よりずっと逞《たくま》しかった。

――腹筋割れてる。

そんなことで、望の鼓動は落ち着きをなくす。

思わず視線を逸らすと、ジェルと一緒にスマホを手にしているのが見えた。

「仕事ですか？」

そうだとしても、今夜だけは行ってほしくない。

「いや、依田からメール」

全裸のまま薄い肌掛けにくるまれていた望は、上半身を起こした。

送信を終えた一恒は、少しバツが悪そうにベッドの端に腰を下ろし、スマホの電源を切るとベッドサイドのテーブルに置いた。同じテーブルには望の携帯も置いてある。一恒がきれいに洗ってくれたクリオネストラップが、数時間ぶりに定位置に戻されている。

「望は今夜、俺の家に泊めると伝えた」

「依田さん、なんて」

「『今度望くんを泣かせたら、お前とは二度と口をきかない』」

胸がぎゅっと痛んだ。

見かけによらず生真面目《きまじめ》な一恒と、いい子の呪縛《じゅばく》から逃れられずにいた望。

不器用な生き方しかできないふたりを結んでくれたのは、紛れもない依田だ。

「『悪い冗談で怖がらせてごめん。明日からまたよろしく。俺の親友・へたれチキンをよろしくね』……そう望に伝えてくれって」

「依田さん……」

依田の気持ちが冗談なんかじゃなかったことは、望が一番知っている。ほんの一瞬ぐらついた望の心につけ込むことをせず、あえて一恒の背中を押してくれた。明日から望が気まずい思いをしなくていいようにと、おどけたメールまでよこして。

「感謝しているよ。あいつには」

「おれもです」

ぐっと涙をこらえた望の前髪を、一恒の指が優しく梳《す》いた。

「依田の言うとおりだ。俺のぐだぐだで、お前を不安にさせた」

「ぐだぐだ……だったんですか」

「ぐだぐだのぐるぐるさ、ずっと。恩師の息子で、十歳近く年下。しかも出会った時は下の毛も生えそろわないオコチャマだったんだ。悩まなかったらそれはそれで犯罪だ」

下の毛が生えてきたのも声変わりをしたのも、確かに人より遅かった。

頬が熱い。

「お前たちは、ふたりしてわかりやすかった。聖は単純に、甘えられる兄貴が欲しかったんだろうな。でも望は違った。いちいち赤くなったり青くなったり……本当に可愛くてたまらなくて、いつの間にか俺は、暇さえあればお前のことばかり考えるようになっていた」

そんなふうに思ってくれていたなんて、ちっとも知らなかった。

嬉しくて、ますます頬が熱くなる。

「お前を喜ばせたくて、笑ってほしくて。そのためならなんでもするつもりだった」

「でも、じゃ、どうして急に黙って行っちゃったんですか。ミラノに」

「自戒《じかい》していたつもりだった。せめてお前が高校を卒業するまでは、滅多《めった》なことはすまいと。これでも我慢していたんだ。なのに、あの日、つい」

キスしちゃったと囁かれ、耳まで熱くなってきた。

「このままじゃダメだと思った。近くにいたら、ブレーキが利かなくなる。実際利かなくなっていたんだ。あんな顔で泣きながらキスしてなんて言われたら、もう」

たまらなかったよと、一恒は自嘲《じちょう》するように首を振った。

「あれは、本気のキスだったんですか」

「当たり前だ」

一恒が小さく目を剝く。

「いたいけな中坊の恋心を弄《もてあそ》ぶほど、俺は人でなしじゃない。そんなことができるほど器用さも余裕もない。本気だったから距離が必要だと思った……というのは体《てい》のいい言い訳で、結局のところ自分の理性に自信がなくなって、逃げたんだよ」

以前からミラノに来ないかと誘ってくれる知人がいて、一恒は迷っていた。デザイナーとして、遅かれ早かれ一度は海外に渡るつもりだったが、時期を決め切れずにいた。急にバタバタと決めたのは、あの夜のキスが原因だったと一恒は告白した。

「あの時おれがもし十四歳の中学生じゃなかったら、都築さん、ミラノに行かなかった？」

そうだなあ、と一恒は少しだけ遠い目をした。

「少なくとも黙って行ったりはしなかっただろうな。お前に告白して、ふたりのこれからを話し合って、お前が寂しい嫌だと泣いたら時間をかけて説得して、それでもダメなら連れていったかもしれない」

「ミラノに？」

一恒は頷いた。

「あっちにいても、お前のことばかり考えていた。元気にしてるだろうか、楽しくやっているだろうかと。聖がいつ『望に恋人ができた』とメールしてくるかと、いつもビクビクしていた。そんな矛盾だらけの自分が、死ぬほど情けなかった」

だから、帰国したら今度こそ、真っ向勝負で望を誘おうと思ったという。

「ところが三年ぶりにお前の顔を見て、激しく後悔した」

「後悔？」

「こんな可愛い生き物を、高校なんていう野獣の檻みたいなところに三年も放置したままでいたんだと思うと、ぞっとした。望に恋人ができた様子はないと聖は言っていたけど、本当だろうかと疑わしくなった。家に来ないかと誘ってもやんわりかわされるし、挙げ句に合コンとか言い出して。これはかなりマズイぞと焦《あせ》った。いきなり新居でしっぽりが無理なら、まず食事からと思ったのに、気づいたら依田の話ばかりだ。最初こそ余裕のあるふりをしていたけど、羽化するように成長したお前の三年間を、依田はリアルで見ていたんだと思ったら……頭がくらくらするくらい嫉妬した」

一恒は、息もつかずに思いを吐露《とろ》する。

「じゃあ、しばらく会えないっていう、さっきのメールは」

「少し時間を置いて、冷静になろうと思った。あのままだと感情に任せてお前をこの部屋に連れ込んで、暴走してしまいそうだったから」

「暴走していいのに」

厚い胸に頬をすり寄せると、一恒の鼓動が伝わってきた。

ドクドクと脈打つリズムは、望のそれより速いくらいだ。

「感情に任せていいのに。騙《だま》してでも卑怯な手を使ってでも、ここに連れ込んでくれてよかったんです。おれ、ずっとそうしてほしかった。都築さんと、こうしたかった」

逞しい身体に抱きつくと、肌掛けがするりと滑り落ちた。

望はまたその華奢《きゃしゃ》な裸体を一恒の前に晒す。

「望……」

一恒は耳元で囁きながら望を横たえ、未だ少年の面影を残す白く滑らかな背中に尻に、手のひらを這わす。

「あっ……ん」

首筋から鎖骨《さこつ》、胸へとなぞるように下りてくる舌の愛撫に、望は息を上げる。

胸にふたつ並んだ小さな粒はほんのりピンク色で、着替えの時などクラスメイトに「女子みたい」とからかわれ、コンプレックスになっていた。けれど一恒はそれを「可愛い」と褒めてくれる。

「望の身体は、ぜんぶ可愛い」

「嘘……だ」

「嘘じゃないよ」

小さく笑って、一恒は左の突起を甘噛みした。

「やっ、あっ……ぁぁ」

じん、とそこから広がる快感は、望の知らないものだった。

「すぐに硬くなる。望はここ、感じやすいみたいだな」

空いている右側を指でこね回され、望は思わず背を反らせた。

「や、そこ、しない、でっ……」

「どうして」

「だって、すごく、変になる……あ、あぁぁ、ん」

「ここは、自分でしなかったのか」

頷く望はもう涙目だ。感じすぎて、本当に変になりそうだった。

「変になっていいよ」

一恒は嬉しそうに、しつこいほどそこばかり弄《いじ》った。

「都築、さっ……ダメ……んっ」

「変になっていいんだよ。してほしいこと、ぜんぶ言ってごらん」

「やっ……」

「ずっと俺とこういうことしたかったんだろ？」

それはそうなんだけれど。

「感じすぎていやらしくなっちゃう望、可愛くて大好きだよ」

「……ほんと？」

「ほんと。望がエッチになった方が、俺も気持ちいい」

いいのだろうか。感じたままを口にしても。

「乳首、感じる？」

望は頷いた。じんじんはもう、爪の先まで広がっている。

気怠《けだる》いような泣きたいような甘ったるい感覚に、理性がどろりと溶けていく。

「気持ちいい、です、すごく」

「じゃあもっと弄ってあげる」

「あぁあっ、んっ」

そこで感じるのは、女の子だけなのだと思っていた。それとも一恒の舌や指だから、特別こうなってしまうのだろうか。

「こっちも、すごいことになってるよ、望」

つん、とつつかれた場所を見ると、一度萎《な》えたはずの中心がまた、一恒の愛撫を欲しがって泣いていた。

「おれ、ほんと、変……」

「変じゃないよ」

可愛い、と下腹にキスをされた。ひとつ、ふたつ、みっつと、一恒は火を灯すように唇を押しつける。薄い皮膚《ひふ》を吸われながら舌でくすぐられると、いちいちびくんと身体が反応してしまう。

いたずらな大人の唇は、熱を帯びた望の中心を避けるように、足の付け根から太股の内側へと下りていった。

「望、ちょっと腰、上げて」

すでにぼーっとなっている望の腰に、一恒は手早く枕を差し込んだ。一恒の前に腰を突き出す感じになってしまい、どうにもいたたまれない。

「指で解すよ」

その意味を、望は三秒遅れで解した。

未知の世界への恐怖より、してもらえるんだという喜びが勝った。

小さく頷くと、ジェルをまとった一恒の指が、凝った秘孔《ひこう》に触れた。

「っ……」

思わず身体を縮こまらせると、「力抜いてごらん」と優しい声がした。

長い指が、くちっと音を立て望の中に入ってくる。

「んっ……」

ぬるぬるとした柔らかいものが、内壁《ないへき》を擦る。

「痛い？」

望が首を振ると、遠慮がちだった指が命を得たように動き出した。

「あぁ……ん、や、あ……」

ぐうっと奥へ進み、ゆっくり入り口へと戻る。一恒は時間をかけて望を解した。

指が二本、三本と増やされる。

圧迫感はやがて、むずがゆいような快感へと変わっていった。

「あっ」

不意に、その感覚は来た。指の腹がそこに触れた途端、望は腰を浮かせた。

「ここか」

「今の、何……？」

そこが、前立腺《ぜんりつせん》なのだと教えられた。

三本の指が、中でばらばらと蠢く。

「やぁ……ん、ん、あぁ……」

気持ちいいのに、泣きたくなる。半ば朦朧《もうろう》としながら望は喘《あえ》いだ。

「都築さ、ん……」

「ん」

「気持ち、いい……よぉ」

「どこが？」

「指で、擦ってる、とこ」

「ここ？」

一番感じる場所をわざと少しだけ外すから、望はうずうずと腰を揺らしてしまう。

「違っ、も少し、奥の、さっきの、とこ」

「こっち？」

「あぁっ、あ、そこぉ……ダメ」

「ダメじゃなくて、いいだろ。すごいよ、望、また先っぽがべとべとだ」

「都築さんが、する、から」

「俺のせい？」

クスッと笑いながら、一恒はまた望のいいところを、ぐっと押した。

「ひっい、あっ……やぁぁ……」

シーツを握り締め、足をくんっと突っ張った。

「こら、力抜いてろって言ったろ」

「だって……」

そうしないと、深い深い海の底へと落ちていってしまいそうで。

とろんと潤んだ声で「気持ちよすぎるんだもん」と訴えると、一恒は一瞬呆けたように眉を下げ、それからゆっくりと指を抜いた。

「あ……抜いちゃ、やだ」

指があった部分が、寂しくてたまらない。

素直な気持ちを口にしただけなのに、一恒は「まったく」と大きなため息をついた。

「負けるよ、望には」

こういうことに勝ち負けってあるんだろうか。

「もっと気持ちよくしてあげるよ」

ぞくりとする低音で一恒が囁く。

「して……」

蕩けそうな声で、望も呟いた。

一恒のサイズが入るには、望の入り口は少しばかり狭かった。それでも絶えず一恒があやすようなキスをくれるから、痛みを感じることはほとんどなかった。

「入ったよ、望」

すべてを受け入れた時には、望も一恒も全身汗みずくになっていた。

「都築さんと、ひとつに、なれたの？」

「うん。ひとつになったよ。望のここ、俺を呑み込んでる」

――都築さんを、呑み込む……。

なぜだろう、脳裏《のうり》にミジンウキマイマイに触手を絡めるクリオネが浮かんだ。

「都築さん、痛くないの」

「痛くないよ」

「気持ちいい？」

いつも涼しげで飄々とした一恒の瞳が、優しく潤んでいる。

「気持ちいいよ。望の中は、温かくて柔らかくて、すごく気持ちがいい」

望の身体を慮ってなのだろう、一恒はすぐには動こうとしなかった。

「動いて、都築さん」

「もう少し馴染んでからね」

額にキスが落ちてくる。望は駄々《だだ》をこねるように頭を振った。

「都築さんと一緒に、気持ちよくなりたい」

だからお願い動いてと告げると、一恒はまたぞろ眉を下げ、それから小さく笑った。

「望」

「……はい」

「頼むから、クリオネになるのは俺の前だけにしてくれよ」

「え？　あ、や、あぁぁっ」

意味を考える間もなく、動き出した一恒の熱に意識を持っていかれる。

ゆっくりとした抽挿《ちゅうそう》の後、引き抜く寸前でまた深く押し込まれる。何度も一番奥を突かれ、その度に望の唇からは「あ、あっ」と悲鳴のような嬌声《きょうせい》が漏れた。

「あっ、ん、や、都築……さっん」

「望……可愛いよ」

「やぁぁ……ん、すご、い……」

一恒が中で動くたび、ぐちゅ、ぐちゅっと湿ったジェルの音がする。粘膜《ねんまく》が擦れ合う音はどうしようもなく卑猥で、普段なら耳を塞ぎたくなるほどなのに、一恒がしてくれているのだと思うと、嬉しくてたまらなかった。

一恒の欲望が、望をかき回す。

「ああ、んっ、あっ、あっ」

「望……」

一恒の声から、次第に余裕がなくなっていく。

見上げた瞳には、雄《おす》の本能と甘い優しさがエロティックに混在していた。

――感じてるんだ、都築さん。

想像の中でしか知らなかった、その時の一恒。

今、目の前で呼吸を荒くする愛しい人に、望は思わずしがみついた。

「都築さん……都築さ、んっ……あ、ああっ」

好きです。大好き。

言葉が紡《つむ》げない望の気持ちは、一恒の声になって零れ落ちる。

「好きだよ、望」

「ああ、あっ、あっ」

「ずっと一緒だ。もう、離さない、絶対に」

頷くこともできない。身体中で一恒を感じる。

「一緒に、イこっか」

下腹の上で頼りなく揺れる望の中心を、一恒がまた大きな手のひらで握り込んだ。

「ひっ、あっ、あぁっ！」

中を激しくかき回されながら、硬く勃ち上がった熱をぬるぬると扱かれる。

強すぎる快感に、呼吸すらままならない。

「つづっ……さっ、ん、も、もうっ」

「望……のぞ、むっ」

「イきそっ……あ、ああっ、イッちゃ、うっ」

「イッて、いいよ」

「あ、うっ、あぁぁぁ――……」

びくびくと腰が震わせ、望は一恒の手を白濁《はくだく》で汚した。

ほぼ同時に一恒も、望の最奥《さいおう》にその熱を吐き出した。

遠のく意識の中で、心配そうな一恒の声を聞く。

「望、大丈夫か」

「……ん」

「無理させて悪かった」

かすかに頷くけれど、目を開けることはできなかった。

甘く満たされて、泣きたいくらい幸せで、だけどひどく眠い。

「おい、望――」

穏やかな呼吸がよもやの寝息だと気づいた一恒は、クッと小さく笑い、目蓋にキスをくれた。

「ついにクリオネになっちゃったか」

なんでクリオネなんだろう。不思議に思ったのはほんの一瞬だった。

望はゆらゆらと、碧《あお》い水底へと落ちていった。


携帯のバイブ音で目が覚めた。夢うつつで手を伸ばし通話ボタンを押すと、聖のいわくありげな声が、まだ寝ていたのかと尋ねてくる。なぜこんな朝っぱらに聖が――と思いハッとした。昨夜の記憶が徐々に蘇《よみがえ》る。

『で、初めての無断外泊の気分はどう?』

あっけらかんとした明るい声が、隣で眠っている一恒に届いてしまいそうで、望は思わず携帯を耳に押しつけた。

「聖、声がでかい」

『そっちの声は、掠れて聞き取りにくいんですけどー』

掠れている理由が思い当たりすぎて、望はひっそり頬を赤らめた。クスクス笑っているところをみると、聖もうすうす察しているに違いない。

『なに、カズくん傍にいるの？』

傍といえば傍には違いない。昨夜の名残《なごり》もそのままに、布団の中で密着しているとは、聖もさすがに思っていないだろう。

一恒が目を覚まさないかと気が気でない望に聖は、町内会費の集金が来たから立て替えておいたとか、柔軟剤がなくなっていたから補充しておいたとか、どうでもいい報告をいくつか続けた後、言った。

『やれやれ、カズくんもついに望のバッカルコーンで捕食されちゃったってわけだ』

「バッカルコーン？」

『前にオレが、望っていかにも草食ですって顔してるけどいざとなったら案外獰猛《どうもう》かもって言ったらさ、カズくんが、さすが双子だけあって聖は鋭いなって』

「獰猛？　おれが？」

しかも一恒も認めたという。意味がわからない。

『自覚がないのがさらに悪質なんだよね、望の場合』

「何を朝からわけのわかんないことを」

『ま、そういうことだから。家の方は平気だから、もうひと晩くらい泊まっておいで』

「そういうわけには」

『大丈夫だって。母さんには、望は友達ん家《ち》に泊まって徹夜《てつや》でレポートやってるって言っておいたから』

「えっ」

『んじゃね、カズくんによろしく』

「聖、おい、ひ……」

──母さん。

望はひゅっと息を呑んだ。保奈実が昨夜、パーティーが終わったら帰宅すると言っていたことを、すっかり失念していた。

──マズイかも。

入学からひと月足らずの一年生が徹夜でレポートなんて、いかにもな言い訳が大学教授の保奈実に通じるわけがない。望はそうっとベッドから抜け出す。薄暗がりの中、手探りで掴んだ一恒のシャツだけを羽織り、こそ泥のように音もなくベッドルームを出た。

昨夜一恒にいろいろされたソファーに腰を下ろし、心許ない下半身を覆うようにクッションを抱くと、携帯を開いた。

どうしよう。問いつめられる前にこっちから連絡した方がいいだろうか。

保奈実の番号を押そうとして、ふと指を止めた。

別に悪いことをしているわけじゃない。それにきっと保奈実は心配などしていない。今頃は望が昨夜いなかったことなどすっかり忘れ、完全に仕事モードになっているに違いない。

電話するだけ無駄だろうと、携帯を閉じたところで、ブーっとバイブ音が響いた。

保奈実からだった。

『おはよう』

車の行き交う音に混じって、コツコツと規則正しい音がする。ヒールがアスファルトを叩く音だ。大学か、講演か、テレビ局か、今日はどこで仕事なのだろう。

「おはよう。あの、昨日は」

『レポート書き上がったの？』

「え？　あ……うん。なんとか」

まさか聖の言葉を信じているのだろうか。それとも探りの電話だろうかと望は身構えた。

『あのね望、この間の話だけどね』

「この間？」

『あなたの名前の話』

「ああ、それなら――」

もういいんだと流そうとした望に、保奈実は思いがけないことを告げた。

『望っていう名前は、お父さんが考えたの』

「……え」

沈黙に、カッコウの声が繰り返し響く。横断歩道を渡っているらしい。

『お腹の子が双子だってわかった時、お父さんが言ったの』

最初に生まれた子の名前を自分が、二番目の子を保奈実が、それぞれ考えることにしないか――。父はそう提案したという。せっかく双子なのだからあまりちぐはぐにならないように、漢字ひと文字にすること。ルールはそれだけ。決まったら「せいの」で披露し合う。少年のように瞳を輝かす父の提案に、保奈実も同意した。

聖夜に誕生した次男の名を、保奈実は「聖」と決めた。

いい名前だねと微笑みながら父が見せた紙には、「望」と書いてあった。

『きみが分娩室《ぶんべんしつ》に入ったと連絡をもらって、会社から病院に向かう途中、タクシーの窓から月が見えてね。思わず見惚《みと》れてしまうほどきれいな、本当に年に何度見られるかわからないくらい、それはそれは美しい満月だったんだよ。凛《りん》と冴《さ》えた冬の空にまん丸に浮かんでいてね、僕らの赤ちゃんの誕生を祝福してくれているようだった。生まれてくる子供たちの人生が、どうぞ幸せに満ち満ちたものになりますようにと、僕はその望月に祈ったんだ』

父はそう言って、保奈実の傍らで眠る双子を、愛おしそうに見つめたという。

望という名の由来は、満月を意味する望月だったのだ。奇《く》しくもそれは、二次試験の朝、一恒がミラノからくれた電話を思い起こさせるものだった。

『大きくなったらあれもしたい、これもさせたいって、あなたたちの成長を誰より楽しみにしていたのに』

保育園に通う姿を見ることもなく、父は病魔にその命を奪われてしまった。

『最期《さいご》の最期まで、望は、聖はって、あなたたちのことばかり』

保奈実がふっと言葉を切った。泣いているのかもしれない。

「母さん……」

『ごめんね、望。お父さんの話、もっとたくさんしてあげればよかったんだけど、あの人がどんな思いであなたたちを遺《のこ》していったか、それを考えると辛くて、どうして私たちを置いて先にひとりで逝《い》っちゃったのよって、あなたたちの前でわんわん泣いちゃいそうで、気楽には話せなかった』

それは気丈な保奈実が初めて語った、亡き夫への思いだった。

『この間、あなたに名前の由来を聞かれて、ちょっと動揺したわ。正面きって聞かれたの、初めてだったでしょ』

「……うん」

『でも思ったの。望も聖ももう小さな子供じゃないのよね。母さんが、お父さんの話をしてわんわん泣いても、驚いたりしないんじゃないかって』

「むしろ泣いてよ」

『……え』

「わんわん泣いてよ。その時はおれと聖がふたりで、母さんを抱き締めてあげるから」

『望……』

　保奈実が声をつまらせた。

『お父さんが優しい人だったから、ふたりとも優しい子に育ったのね』

「母さんが育ててくれたんだろ」

『泣かせないでよ。マスカラが落ちちゃう』

　少女のような声で、保奈実は泣き笑いした。

「母さん、昨日、渡井さんっていう女の人と会ったでしょ」

『え？　ああ、都築くんの同級生だっていうテレビ局の』

　望は、彼女が以前から保奈実のことを尊敬していたことや、出演番組をすべて録画していることなどを話した。あんなに気さくに接してくれたのに、大人げない態度を取ってしまったことを、望は後悔していた。

「だから出演のこと、前向きに考えてあげてほしいんだ」

　望が保奈実の仕事について口を挟むのは初めてだった。余計なことだとはねつけられるかと思ったが、保奈実の答えは意外なものだった。

『渡井さんには、昨夜のうちにＯＫの返事をしたわ』

「え？」

『熱意に負けたの。彼女、本当に一生懸命だから』

「そう……よかった」

それじゃ今夜も遅くなるねと、保奈実は通話を切った。望はもう一度小さく「よかった」と繰り返した。保奈実とこんなふうに話せる日が来るなんて、少し前には思ってもみなかった。自分で殻を作っている自覚はあったけれど、どうやって割ったらいいのか見当もつかず諦めかけていた。

外に出ておいでとノックしてくれたのは一恒だ。

根気よく何度も何度も殻を叩き、膝を抱えて縮こまっている望を呼んでくれた。

望はストラップを手に取ると、頬をすり寄せ挨拶《あいさつ》代わりのキスをした。やっぱりこれがぶら下がっていないと、調子が出ない。

「愛されてるなあ、そいつは」

いきなり背後で声がした。

「電話は終わったのか」

「都築さん、おはようございます」

いつからそこにいたのだろう、一恒がベランダのカーテンを開けた。

眩しい光に、瞳孔《どうこう》が縮む鈍い痛みを覚えた。思わず目を閉じ、ゆっくり開けると——。

「うわっ！」

思わずソファーの背もたれに仰け反った。

「どうした」

望の声に振り返った一恒が、ぎょっとしたように目を見開いた。

「わわ、あ」

望は抱いていたクッションに顔を埋めた。

疑わしいことこの上ないと思っていた〝マッパ〟が、今まさに目の前にあった。差し込む朝日の中に浮き上がるのは、昨夜さんざん自分を啼《な》かせた、非の打ちどころのない体軀だ。

「都築さん、ふ、服を」

「あ～？」

呆れたような声が近づいてくる。

「ここは俺ん家。ただ今、マッパ健康法実践中だ」

「ほ、他に人がいたら服、着るって」

「着ようとしたら、なかったんだよ」

ベッドサイドに用意されていた一恒のシャツを着ているのは、望だ。

それにしてもせめてパンツをと懇願《こんがん》する望の前に、一恒は仁王立ちする。

「お前さあ、人の理性を試すにしても、煽り方がえげつないぞ」

「……へ？」

望はのろりと顔を上げたが、一番見てはいけない部分が目の前にあって、すぐにまたクッションに顔を押しつける。

「まったく、可愛い顔真っ赤にして、そのくせ獰猛だ」

「何言って……」

「めんどくさ可愛い改め、獰猛可愛い、だな」

語呂が悪いなとぶつぶつ呟きながら、一恒は望の真横に座った。

「望ぅ、昨夜のじゃ足りなかったのか？　ん？」

脂下《やにさ》がった声に、驚いて顔を上げる。どことなく嬉しそうな一恒の視線の先を追った望は、それこそ心臓が口から飛び出すほど驚愕した。

「うわっ、な、んでっ！」

一恒のシャツを羽織り、クッションを抱いていたことで気が緩み、ボクサーショーツを穿《は》いていなかったことをすっかり忘れていた。最悪なことに体育座りで電話をしていたので、昨夜の痕跡《こんせき》も生々しいそのあたり一帯を、爽《さわ》やかな朝の光に完全に晒していたのだ。

「さすが十八歳。朝から元気そうだ」

生理現象を揶揄され、頭が沸騰《ふっとう》した。

「こ、これは、ち、ちがくてっ」

クッションで隠そうとしたのに、意地悪な長い手はそれを取り上げる。

「か、返し——っ、んっ」

いきなり唇を塞がれた。

弾みで長めのシャツが捲《まく》れ上がり〝元気〟なそこは根元まで露《あらわ》になる。

「大人を煽るとどうなるか、教えてやるよ」

羞恥に涙ぐむ望に、一恒は目元を緩めた。

言い返す間もなく、また唇が落ちてくる。啄《ついば》むようなキスはやがて湿度《しつど》を帯び、徐々に明るさを増していくリビングには、ふたりの甘い吐息が満ちていく。

「っ……んっ」

膝頭《ひざがしら》、内股、下腹と指先で撫でられ、望はたまらず一恒の首にしがみついた。

「あ、でもそろそろ時間じゃないのか」

自分から仕掛けておきながら、そんな意地悪を言う。

「今日、一限ないから」

ねだるように囁くと、一恒がふっと小さく笑った。

「あっても行かせないけどね」

唇が重なる。

ふたりの傍らでは、クリオネが朝の光にきらきらと輝いていた。

あとがき

こんにちは。初めまして。安曇ひかるです。

このたびは『海に天使がいるならば』をお手に取っていただきありがとうございます。相も変わらず派手さの欠片もないストーリーでございますが、お楽しみいただけたでしょうか。

いい子、真面目な子と呼ばれることに息苦しさを覚えながらも、自分の殻を破ることができない。悪ぶることもできず、気づけば周囲の期待どおりの生き方をしている自分に、ひとり悶々とする毎日……。望のようなめんどうくさい思考回路の人間を書くのが、実は好きです。めんどくさ可愛い。

落花生を剝くのも大好きです。栗も。あとは胡桃の殻を割ったり。食べることよりも、剝いたり割ったりする作業が楽しいんですね。きれいに剝けた時のなんとも言えない充実感がたまらんのです。一恒とは大いに気が合いそうです。

この間テレビで女優さんが「休みの日はキッチンで鍋を磨いています」と言っているのを聞いて、思わず「あーわかる」と呟いてしまいました。夜中に黙々と鍋を磨いては並べる私の姿に、家族は「ああまた原稿が行き詰まっているんだな」と思うそうです。ただ楽しいから磨いているだけなんだけど。

緒田涼歌先生。可愛らしいふたりに仕上げていただきありがとうございました！　毎度のことですが、どんなふたりになるのかなあとイラストを想像しながら書くと、テンションが上がります。
末筆ながら、最後まで読んでくださった皆さまと、かかわってくださったすべての方々に心から感謝と御礼を申し上げます。ありがとうございました。愛を込めて。

二〇一四年　一二月

安曇ひかる

✦初出　海に天使がいるならば……………書き下ろし

安雲ひかる先生、緒田涼歌先生へのお便り、本作品に関するご意見、ご感想などは
〒151-0051 東京都渋谷区千駄ヶ谷 4-9-7
幻冬舎コミックス　ルチル文庫「海に天使がいるならば」係まで。

幻冬舎ルチル文庫

海に天使がいるならば

2014年12月20日　第1刷発行

| | |
|---|---|
| ✦著者 | 安雲ひかる　あずみ ひかる |
| ✦発行人 | 伊藤嘉彦 |
| ✦発行元 | 株式会社 幻冬舎コミックス<br>〒151-0051 東京都渋谷区千駄ヶ谷 4-9-7<br>電話 03(5411)6431［編集］ |
| ✦発売元 | 株式会社 幻冬舎<br>〒151-0051 東京都渋谷区千駄ヶ谷 4-9-7<br>電話 03(5411)6222［営業］<br>振替 00120-8-767643 |
| ✦印刷・製本所 | 中央精版印刷株式会社 |

✦検印廃止


ISBN978-4-344-83320-3　C0193　Printed in Japan